star-crossed lovers

843.914 OLL	Ollivier, Mikaël. Star-crossed lovers / Mikaël Ollivier. - Paris : Thierry Magnier, 2002. - 208 p. : couv. ill. en coul. ; 21 cm. - (Roman). Adolescents. Amour. Syndicalisme. Mondialisation (économie politique). Licenciements économiques.

© ÉDITIONS THIERRY MAGNIER, 2002
ISBN 2-84420-175-X

Loi n° 49-956 du 16 juillet 1949 sur les publications destinées à la jeunesse

Maquette : Bärbel Paulitsch-Müllbacher

star-crossed lovers

Mikaël Ollivier

Roman

Illustration de couverture
d'Antoine Guilloppé

Alternant les romans pour la jeunesse et pour les adultes, les scénarios pour la télévision et le cinéma, les polars, les comédies, les récits intimistes ou futuristes, Mikaël Ollivier, plus qu'écrivain, se dit raconteur d'histoires.

Littérature jeunesse :
Celui qui n'aimait pas lire, éd. De la Martinière jeunesse (coll. Confessions), 2004.
Frères de Sang, éd. J'ai Lu jeunesse, 2003. (Prix Roman Jeune 2004 à Laval ; Prix Fiction Noire 2004 ; Prix Romanphile 2004 ; Prix des collèges du Territoire de Belfort 2004)
Un secret de famille, éd. J'ai Lu jeunesse, 2003.

Aux éditions Thierry Magnier
Sous le même signe (coll. Roman), 2005.
Peau de lapin (coll. Petite Poche), 2004.
E-den (coll. Roman), avec Raymond Clarinard, 2004. (Prix de la NRP 2004)
« Faire l'amour », pour le collectif de nouvelles *Des filles et des garçons*, 2003.
T'es un grand garçon maintenant (coll. Petite Poche), 2003.
Mange tes pâtes ! (coll. Petite Poche), 2003.
Vivement jeudi ! (coll. Petite Poche), 2002. (Prix Le Livre élu en Livradois-Forez 2004)
Tu sais quoi ? (coll. Roman), 2002. (Prix Festilivre 2003 ; Prix du Festival du livre jeunesse de Cherbourg 2003)
Premier de la classe (album, avec Martin Veyron), 2001.
La Vie, en gros (coll. Roman), 2001. (16 prix littéraires, dont le Prix des Incorruptibles 2002 – Porté à l'écran)
Papa est à la maison (coll. Roman), 2000. (Prix de l'Esterel 2001)

Littérature adulte :
L'Inhumaine Nuit des nuits, éd. Albin Michel, 2004.
La Fièvre bâtisseuse, éd. Thierry Magnier, 2003.
Bruce Frederick Springsteen, avec Hugues Barrière, éd. Le Castor Astral, 2003.
Trois souris aveugles, éd. Albin Michel, 2002. (Prix Polar 2003 – Porté à l'écran sous le titre *Une souris verte*)

From forth the fatal loins of these two foes
A pair of star-crossed lovers take their life.

Roméo et Juliette
William Shakespeare

« Des entrailles fatales de ces deux ennemis
Deux amants, maudits par les étoiles, prennent vie. »

1

Ça nous est tombé dessus sans prévenir.

C'était mes dix-sept ans, et papa et maman avaient pris leur journée en RTT. Avec mes trois sœurs, Laura, Alicia et Jessica, on décorait la salle à manger de papier crépon découpé en guirlandes. Cette habitude datait de mon enfance, mais on l'avait gardée même si on était devenues grandes. Enfin si j'étais devenue grande… parce que Laura n'avait que quatorze ans, Alicia treize, et Jess huit. Chez nous, les anniversaires, les fêtes, Noël, tout ça, c'était sacré. Ma grand-mère paternelle disait toujours : « La vie c't'une telle garce qu'il faut lui faire les poches du peu d'bon temps qu'elle a d'réserve ! » Faut dire que ma grand-mère, elle avait pas dû rigoler souvent, dans son minuscule deux pièces-cuisine, avec ses cinq enfants et seulement le salaire de son mari qui rentrait chaque jour un peu plus fatigué et de mauvaise humeur de l'usine. Au moins, nous sept (papi vivait à la maison depuis la mort de mamie) on avait à notre disposition les 110 m² du pavillon modèle Colorado que mes parents auraient fini de rembourser cinq ans après leur retraite.

Bien sûr, j'avais prévu de célébrer mon anniversaire avec la bande le samedi suivant, mais, en attendant, ce mercredi-là, on se préparait à faire la fête en famille, et une douce odeur de gâteau au chocolat s'échappait de la cuisine. Pépé et mémé, les parents de maman, étaient arrivés les premiers, à 18 heures, quelques minutes avant mon oncle Patrick qui était venu directement de l'usine puisque Sophie, sa femme, ne pouvait pas se joindre à nous. Ma tante Marie est arrivée ensuite, puis mon oncle Pierre avec sa femme Aline, et enfin tonton Jacques.

À la forme du paquet habilement caché depuis une semaine dans le placard sous l'escalier, j'avais deviné ce qu'était mon cadeau, et je ne tenais plus en place tellement ça me démangeait de l'ouvrir. La maison résonnait des voix et des rires de toute la famille, et on a bien failli ne pas entendre le téléphone sonner. C'est papa qui a décroché, et maman qui, la première, a compris que quelque chose de grave se passait. Quand j'ai vu sa tête s'allonger subitement, je me suis tue, et ainsi, un par un, comme gagnés par un virus, on a arrêté de parler, si bien que la voix de papa a sonné bizarrement dans le silence :

– C'est pas possible…

Il avait le téléphone à l'oreille et écoutait, assommé, ce que lui disait son correspondant dont on n'entendait qu'un lointain gazouillis qui faisait l'effet d'une voix de dessin animé.

Quand il a raccroché, papa est resté quelques secondes sans rien dire, a croisé nos regards braqués sur lui dans l'attente de la nouvelle. Enfin, il a avalé sa salive et a dit :

– C'était Bernard... L'usine va fermer.

On s'est tous sentis plus lourds d'un coup, comme si la pression atmosphérique avait subitement augmenté. L'usine. Là où depuis toujours, nos voisins, amis, cousins, oncles, parents et grands-parents, avaient travaillé et travaillaient encore. C'était pas croyable. On n'aurait pas été plus surpris d'apprendre que les extraterrestres avaient débarqué sur Terre. Et pour bien montrer qu'il n'avait pas perdu la boule, papa a ajouté :

– C'est dans le journal du soir.

Pas la peine de préciser que ma petite fête était gâchée. France 3 Régions nous a confirmé la nouvelle, et Bernard est arrivé un quart d'heure plus tard, très vite suivi par Christian, puis Jean, Paul, Mario, Yves et Ahmed ; tous métallos, et le noyau dur du syndicat dont papa était le délégué. Ça faisait bizarre de les voir parler de choses si graves sous nos guirlandes en crépon. La maison était pleine à craquer et il commençait à y faire sacrément chaud. Les collègues de papa avaient les visages sombres et les voix graves, et, petit à petit, l'abattement se transformait en colère. Ils n'avaient pas été prévenus... ça ne se passerait pas comme ça... ils allaient voir ce qu'ils allaient voir... Ça sentait la veillée d'armes, et à la fin du journal de 20 heures, qui n'avait pas parlé de nous, papa s'est levé :

– Bon ! Les gars ! On peut rien faire ce soir... et puis c'est l'anniversaire de Clara.

En partant, ils m'ont embrassée l'un après l'autre, tellement joyeux qu'on aurait cru des condoléances à la fin d'un enterrement.

Quand on s'est retrouvés seuls en famille, on a bien mis cinq minutes avant d'arriver à faire semblant de reprendre le cours normal de la fête. Papa a fini par laisser le téléphone décroché pour ne plus être obligé de répondre à tous les collègues chez qui la nouvelle se répandait. Pour la même raison, mon oncle Patrick a coupé son portable après avoir prévenu Sophie.

C'était bien un ordinateur qui était caché sous l'escalier, mais, du coup, un cadeau si génial avait l'air obscène, et j'ai senti des larmes me monter aux yeux en déchirant le papier d'emballage. Pendant combien de mois mes parents allaient-ils devoir rembourser mes dix-sept ans ? Et sans l'usine, le pourraient-ils seulement ? Un souvenir d'enfance m'est soudain revenu, une conversation entre mes parents, juste avant qu'on parte du HLM dans lequel j'ai vécu jusqu'à l'âge de six ans. Assis dans la cuisine, mes parents regardaient des papiers de la banque et les plans de notre future maison.

— Ça fait beaucoup, quand même, a dit maman… Et si il y a un problème au travail ?

— Il faut bien vivre, non ? avait répondu papa en haussant les épaules d'un air d'impuissance.

Il fallait bien vivre, et nous avions toujours bien vécu, sans jamais manquer de rien. Mais, ce soir-là, le jour de mes dix-sept ans, je comprenais enfin que ce bonheur que nos parents nous avaient offert à mes sœurs et à moi était une prise de risque, un souci permanent, un pari qui était loin d'être gagné.

On a mangé presque sans rien dire le rôti de bœuf un peu trop cuit à cause « des événements ». Même Jess, pour la première fois de sa vie, ne nous a pas soûlés de paroles, comprenant elle aussi que c'était vraiment pas le moment de la ramener. Après le gâteau au chocolat un peu cramé, papi a levé la tête pour regarder un cadre au mur. C'était celui de son diplôme qui certifiait qu'il avait travaillé quarante et un ans dans la même usine, celle dont on venait d'apprendre la prochaine fermeture.

— Ça s'rait pas passé comme ça, du temps du vieux Fouconnier ! il a dit de sa voix un peu tremblante.

Mais justement, les temps avaient changé.

2

Pour ce que j'en sais, tout cela était prévu de longue date.

Sept ans plus tôt, Beckman & Riel avait acquis cinq usines semblables à la « nôtre » dans quatre pays d'Europe, pour étendre son empire, et préparer ainsi l'arrivée du groupe en Bourse. La qualité des pièces qui sortaient quotidiennement de l'usine importait peu, et quand mon père avait signé l'entrée de l'usine chez Beckman, il savait déjà qu'elle était destinée à la fermeture. Ou plutôt, il s'en doutait, puisqu'il avait négocié dans son contrat une clause censée le mettre personnellement à l'abri d'un licenciement en cas de problème. Surtout, il s'était fait mettre de côté par la même occasion un bon gros paquet d'actions. Et, ce mercredi-là, sept années plus tard, l'annonce du plan social, et donc de la fermeture de ces cinq mêmes usines, fit, comme prévu, grimper en flèche les intérêts du groupe. C'est étonnant de constater à quel point la mise au chômage de quelques milliers d'ouvriers de plus suffit à redonner confiance aux professionnels de la Bourse ! Il fallait voir le sourire de triomphe de mon père quand Bloomberg, la chaîne du câble spécialisée dans la finance, a annoncé les premiers chiffres.

— *Yes !* avait-il crié en serrant le poing.

Il n'était pas allé à l'usine ce jour-là, et avait passé le reste de la journée dans son bureau de la maison, son portable à l'oreille, à commenter l'événement, à se congratuler en anglais avec ses supérieurs.

Notre usine était la plus grosse, avec mille quatre cents employés, service administratif compris. Mais en tout, près de cinq mille personnes allaient perdre leur travail dans les six mois à venir. Parmi elles, d'ailleurs, se trouvaient trois des directeurs des usines concernées. Beaucoup plus prévoyant, mon père n'avait cessé durant ces sept années de se rapprocher du Saint des Saints du groupe, de louvoyer vers ses hautes sphères, au point que cette fermeture était un tournant dans sa carrière, une promotion. Et il savait déjà depuis des mois quelle serait sa place dans le groupe après l'opération, quelque part au Danemark, où nous devions nous installer l'été suivant. Mon père nous avait déjà montré les photos de notre future maison. Il était nommé au siège de la Beckman, qui, cette année-là, annonçait, outre ce plan social justifié par la poursuite du déficit des cinq usines depuis leur reprise, quelque cent cinq millions d'euros de bénéfices.

Bien sûr, je parle de cela avec un recul que je n'avais pas à l'époque. J'avais seize ans lorsque fut annoncée la fermeture de l'usine fondée en 1911 par mon arrière-grand-père François-Joseph Fouconnier, et je ne voyais dans les succès de mon père que de quoi me réjouir !

Plus pour très longtemps.

Maman et moi avons quasiment dîné seuls puisque mon père n'a pas cessé de faire la navette entre son bureau et la salle à manger, son fax, son ordinateur, et notre compagnie silencieuse. Il semblait monté sur ressorts, bondissant au bruit de l'arrivée d'une nouvelle télécopie, parlant tout seul, nous voyant à peine tant il était dans une autre dimension. Nous l'observions, échangeant parfois un regard amusé, vaguement excité, mais poursuivant notre dîner avec juste l'étrange sensation de ne pas maîtriser le cours changeant de nos vies.

Depuis toujours, mon père décidait de tout. Il n'avait pas besoin d'élever la voix, de débattre, de convaincre, c'était juste lui qui menait la barque, naturellement, fermement. Il gagnait beaucoup d'argent, allait bientôt en gagner encore plus, et était donc auto-désigné comme celui qui savait ce qui était bien pour nous trois.

Maman n'avait jamais travaillé, et moi, je n'étais que le fils unique, si « bien » élevé qu'il ne lui serait pas venu à l'esprit d'oser mettre en doute, et encore moins contester, la parole du père.

Le jour où il nous a parlé pour la première fois du Danemark, il ne nous a pas demandé ce que nous pensions d'un éventuel déménagement dans ce pays, ou si nous serions heureux de vivre à l'étranger, il nous a simplement déclaré, sincèrement persuadé que nous allions sauter au plafond de joie : « L'été prochain, on s'installe près de Copenhague. »

J'étais né ici, et j'avais toujours vécu dans notre maison qui était dans la famille depuis plus d'un siècle et que j'adorais. J'avais fait toute ma scolarité dans la même ville, y avais mes amis d'enfance, mon club de tennis, et me préparais à y passer mon bac français avec un an d'avance. Maman était née à quinze kilomètres de chez nous, elle retrouvait des amies dans un club de remise en forme le mardi, allait au cinéma le jeudi avec sa copine Nicole, s'occupait le vendredi de la comptabilité d'une association d'aide aux sans-abri dont elle était secrétaire générale et fondatrice. Nous avions notre vie ici, et pourtant, ni l'un ni l'autre n'avons émis la moindre réserve quant au projet de mon père, comme s'il était naturel de tout laisser tomber pour partir à l'étranger. Non seulement nous n'avions rien dit, mais nous avons réussi à nous convaincre nous-mêmes que nous nous apprêtions à vivre une expérience exaltante. Je ne m'en rendais pas encore compte, à l'époque, mais mon père était vraiment très fort ; un redoutable manipulateur. La seule chose qu'avait demandée maman, le jour où elle avait appris qu'elle vivrait bientôt au Danemark, fut : « Et l'usine ? » « C'est prévu », avait répondu mon père, toujours efficace et concis.

Effectivement, quelques semaines plus tard, nous avons eu la confirmation que « tout était bien prévu »… et les mille quatre cents employés de l'usine en même temps que nous.

Mon père s'est un peu calmé après le dîner. Il s'est servi un verre de scotch et m'a regardé en s'asseyant dans son fauteuil préféré, un club en cuir marron poli par l'usage.

– François-Guillaume, tu nous mets un opéra ?

– Lequel ?

– Choisis.

Mon père et moi étions très amateurs de musique classique, et particulièrement d'opéra. Si notre discothèque était diversifiée par les goûts plus éclectiques et modernes de ma mère, notre collection de CD dans ce domaine n'en était pas moins impressionnante. Pourtant, je n'ai pas hésité longtemps, sentant qu'il faudrait bien toute la puissance d'un Wagner pour accompagner l'humeur conquérante de mon père. Et je ne m'étais pas trompé : dès les premiers accords, il a plissé les yeux de plaisir et s'est perdu dans la contemplation des glaçons qui s'entrechoquaient en silence dans son whisky couleur vieux miel. Moi-même, gagné par la beauté de la musique, je me suis curieusement mis à penser à notre usine. Fondée par mon arrière-grand-père, menée à son apogée par mon grand-père, et enfin gérée à contrecœur par mon père qui avait fini par abandonner sa passion du chant lyrique pour en devenir le seul patron quand grand-père avait pris sa retraite. Je n'avais jamais entendu mon père chanter (et même, l'idée qu'il puisse le faire me laissait perplexe!), mais maman m'avait toujours dit qu'il avait encore une très belle voix de baryton quand ils s'étaient rencontrés. Belle, mais pas assez maîtrisée pour pouvoir faire carrière, faute d'un véritable travail auquel son père s'était toujours opposé, ne pouvant comprendre qu'on souhaite se consacrer à une chose aussi futile que l'opéra quand on avait une usine de plus de mille ouvriers qui vous tombait naturellement dans les bras. Cette usine qui avait également été si souvent mon terrain de jeux, le dimanche matin, quand mon père terminait un travail en retard. Je m'y inventais des mondes fantastiques entre les énormes machines et le haut-fourneau que les premiers métallurgistes engagés avaient baptisé

Marie, en hommage à une fille du pays qui avait fait commerce de son corps avec une ardeur devenue légendaire.

La sonnerie du téléphone me sortit brusquement de mes pensées. J'allai décrocher et reconnus aussitôt la voix de grand-père.

– Passe-moi ton père !

Grand-père vivait dans une maison de retraite luxueuse de la région depuis six ans qu'il avait complètement perdu pied à la mort de grand-mère. Lui qui avait pourtant toujours été si fort et volontaire s'était subitement retrouvé incapable de vivre sans celle qui avait passé cinquante-trois années à ses côtés. Ce soir-là, il y avait dans sa voix une force que je n'y avais pas entendue depuis longtemps. Mon père prit le combiné en soupirant.

– Oui, papa… Calme-toi, s'il te plaît.

Mon père se leva pour se mettre un peu à l'écart et je croisai le regard de maman dans lequel je lus exactement la pensée qui venait de naître en moi : ça va barder.

De la suite de cette conversation ne nous parvinrent que des bribes, des éclats, mais ils nous suffirent pour en comprendre le sens :

– Papa, tu oublies que cette usine est à moi, maintenant !… Ah ! T'es gonflé quand même ! C'est toi qui m'as forcé à prendre ta succession… Quoi ? Non… Qu'est-ce que grand-père vient faire là-dedans ? Je sais bien que c'est lui qui l'a fondée, et alors ? C'est pas un musée !... Je te parle d'affaires, papa, d'argent, de beaucoup d'argent !... Il faut voir grand ! International ! Mondial !... Quoi les ouvriers ?... Je fais du business, je bosse pas à la Sécurité sociale !... Mon pauvre papa, le monde a changé, tu sais...

Et effectivement, le monde avait changé.

3

La première fois que j'ai vu Guillaume, c'était le lendemain de mon anniversaire. Mon lycée était sur le chemin de l'usine, et papa m'y déposait les rares jours où il prenait la voiture. Ce matin-là, il voulait acheter des journaux pour apprendre le plus de détails possibles sur « la fermeture ». Au moment de s'arrêter devant la Maison de la presse, son portable a sonné. Tout en répondant, il m'a donné de la monnaie et m'a demandé de lui prendre *Le Parisien*, comme d'habitude, plus *Le Figaro*, *Les Échos*, et *La Tribune*. Il tombait une foutue petite pluie glacée, et je me suis mise à courir alors que Guillaume sortait d'une autre voiture et fonçait aussi vers la boutique. On est arrivés ensemble à la porte de la Maison de la presse et on a failli se rentrer dedans. Nos regards se sont croisés, et Guillaume s'est aussitôt immobilisé, un drôle de sourire sur les lèvres, avant de me laisser passer. À l'intérieur, j'ai pris *Le Parisien* sur le présentoir, et j'ai tendu la main vers *Le Figaro*, exactement au même moment que Guillaume qui a vite retiré la sienne pour me laisser la priorité en baragouinant quelque chose que je n'ai pas compris. Dix secondes plus tard, nos mains se rencontraient encore, cette fois pour attraper *Les Échos*. Nos regards se sont de nouveau croisés et nous avons échangé un sourire qui s'est transformé en petit rire nerveux quand on a voulu attraper ensemble *La Tribune*. Je m'en serais filé des baffes, tellement je me trouvais gourde.

À la caisse où on est encore arrivés en même temps, Guillaume s'est aussitôt écarté en me disant « Je vous en prie ! ». Ça m'a fait marrer et en même temps ça m'a bien plu cette politesse un peu ringarde. Ensuite, rouge comme une tomate, il m'a tenu la porte pour que je sorte, et je me suis remise à courir en essayant d'abriter les journaux le mieux possible de la pluie.

Et voilà. C'est tout pour notre première rencontre. Une fois dans la voiture, j'avais déjà oublié Guillaume, et j'aurais bien été incapable de le décrire. Était-il brun ou blond ? Grand ou petit ? Et la couleur de ses yeux, je n'en parle même pas ! J'avais juste croisé un garçon qui avait acheté les mêmes journaux que moi, et était aussitôt sorti de ma tête.

Papa avait raccroché son téléphone, et avant de redémarrer, il a jeté un coup d'œil aux journaux. On est restés un peu sans rien dire, puis il les a lancés sur la banquette arrière en bougonnant avant de démarrer au moment où un bus passait en klaxonnant.

— Connard ! a dit papa en donnant un coup de frein.

Il devait être vraiment énervé, parce que sinon, les gros mots, c'était pas trop son truc.

Cinq minutes plus tard, je me suis penchée pour embrasser papa avant de descendre de la voiture.

— Qu'est-ce que vous allez faire ? je lui ai demandé.

Il a soupiré et a haussé les épaules avant de répondre :

— On va se battre ! Qu'est-ce que tu veux qu'on fasse d'autre ?

— Vous allez faire grève ?

— Ben oui…

— La dernière fois, vous avez gagné !

— C'était différent : on voulait une augmentation ! Là, l'usine doit fermer, et ils n'ont plus rien à perdre ! Même, ils s'en fichent complètement, à mon avis ! Pour eux, c'est déjà de l'histoire ancienne.

— Mais alors…

— Y a toujours les indemnités, la… comment ils disent ?… enfin l'orientation d'une partie du personnel vers une nouvelle spécialité… Je suis sûr qu'ils ont tout très bien prévu…

qu'ils vont nous présenter un plan parfait…
— Alors pourquoi une grève ?
— Par principe. Parce qu'on ne peut quand même pas se faire marcher dessus sans rien dire !

J'ai enlevé ma capuche qui commençait à me tenir chaud et je suis descendue de la voiture. Il pleuvait toujours, et il faisait si sombre qu'on se rendait à peine compte que le jour était levé. Putain de mois de janvier !

4

Quand on demande à un homme ce qu'il regarde en premier chez une femme, les trois quarts du temps, il répond « Les yeux ! ». Ben voyons !... Moi, quand j'ai le choix, ce sont les seins, sans hésitation. Mais comme ce matin-là je n'ai pas eu le choix, je peux dire sans mentir que la première chose que j'ai vue chez Clara était ses yeux.

Il tombait une horrible petite pluie pénétrante, et elle a rabattu une doudoune grise dont elle avait enfilé la capuche. Quand nous avons failli nous cogner à l'entrée de la Maison de la presse, elle ressemblait à une exploratrice du pôle Nord dont seul le haut du visage n'aurait pas été protégé du froid. Tout était gris autour de moi, le ciel, les murs, la rue, les passants... tout, sauf les yeux verts de Clara. J'ai eu l'impression de rentrer dans une nouvelle dimension : le sol devint mou sous mes pieds, les contours des choses un peu flous, et les bruits étouffés.

Surtout, mon cerveau se mit à fonctionner au ralenti. Le souffle soudain court, les battements de mon cœur me tambourinant les tympans, je laissai Clara passer devant moi. À l'intérieur, il me fallut une seconde ou deux pour comprendre ce que je faisais là, et pour m'avancer enfin vers le présentoir à journaux. Les deux minutes suivantes furent un échantillon brillant de ma légendaire maladresse ; un souvenir qui n'a pas fini de me faire rougir. Nous avons tendu ensemble la main vers un premier journal, et j'ai aussitôt retiré la mienne en bafouillant, pour ne trouver rien de mieux que de recommencer un instant plus tard ! Et quand nos regards se sont une nouvelle fois croisés, j'ai perdu le peu de moyens qu'il me restait pour en remettre une troisième couche ! C'était comme quand deux personnes marchent à la rencontre l'une de l'autre, et que, pour ne pas se cogner, elles font un pas du même côté, puis ensemble encore de l'autre, esquissant une petite chorégraphie comique. Moi, ça m'arrive tout le temps et, ce matin-là, alors que je faisais systématiquement les gestes involontaires qui allaient à la rencontre de ceux de Clara, j'aurais aimé disparaître sous terre. Au lieu de quoi je me suis précipité vers la caisse en manquant de peu de la bousculer et de faire tomber par la même occasion un présentoir à cartes postales. Et c'est là que ça s'est passé. Aujourd'hui encore, je ne peux pas le croire : je l'ai vouvoyée ! Pourquoi pas le baisemain ou une révérence pendant que j'y étais ! Je lui ai dit « vous », à Clara, comme si je m'adressais à un prof, ou à la grand-mère d'un copain !

– Je vous en prie…

L'abruti. Évidemment, Clara a souri, encore bien aimable de ne pas m'avoir éclaté de rire au nez !

Un instant plus tard, je lui tins la porte et me retrouvai ensuite sous la pluie, immobile, à la regarder traverser la rue en courant pour disparaître dans une petite voiture grise. Je suis revenu à la réalité en entendant mon père klaxonner avec impatience, et j'ai enfin pensé à respirer pour la première fois depuis une bonne minute. Alors que j'avais à peine mis un pied sur la chaussée, un bus a failli m'écraser et a lancé un grand coup de Klaxon. Il m'a manqué de peu, mais pas la flaque dans laquelle il a roulé en projetant une gerbe d'eau boueuse qui m'a trempé jusqu'à mi-cuisses.

– T'en as mis un temps ! m'a dit mon père qui avait terminé sa conversation téléphonique.

J'y ai souvent repensé depuis : si, ce jour-là, à l'instant précis où mon père s'était garé près de la Maison de la presse, son téléphone n'avait pas sonné, je ne serais pas aller acheter ses journaux financiers moi-même, et n'aurais sans doute jamais rencontré Clara.

Mon père a conduit en feuilletant ses journaux, et je me suis senti soulagé quand nous nous sommes arrêtés devant le lycée sans avoir eu d'accident.

— Les nouvelles sont bonnes ? j'ai demandé avant de sortir de la voiture.

— Pour l'instant, oui. La Bourse a parfaitement réagi. Mais dès demain, on va avoir droit aux pleureuses dans tous les journaux.

— Les quoi ?

— Les pleureuses, les p'tits Zola… Les journalistes qui vont pleurer sur le sort des ouvriers !

— Ah…

— Tu vas voir, à la radio, dans les journaux, à la télé ! Les interviews misérabilistes dans la cuisine du petit pavillon à crédit, au café du coin, le commentaire du retraité de l'usine qui dira qu'avant, ça ne se serait pas passé comme ça ! Je connais ça par cœur… Et ces journalistes, tu peux me croire, tout ce qu'ils connaissent des ouvriers, ils l'ont vu dans les films de Ken Loach ! Ils gagnent dix fois le salaire d'un ouvrier, mais là, ça gêne personne ! Alors que le patron, lui, c'est toujours un salaud ! En attendant, ton arrière-grand-père, lui, il savait faire tourner les machines, et il n'hésitait pas à mettre les mains dans le cambouis…

C'était typique de mon père : se revendiquer de ses ancêtres quand ça l'arrangeait, alors qu'il les avait reniés la veille au soir !

– En même temps, c'est vrai que c'est dur pour les ouvriers qui perdent leur boulot ! j'ai dit timidement.

– C'est le prix à payer, ça n'amuse personne… Ici, il y en a qui perdent leur emploi, ailleurs, l'argent réinvesti en fera travailler deux fois plus ! Et puis ça fait bientôt un siècle que l'usine fait vivre toute la région. Je n'ai de leçon à recevoir de personne…

Soudain, la voix de mon père est devenue un bruit de fond. Une voiture grise était garée devant la nôtre, et je venais de voir la fille de la Maison de la presse en sortir. Elle avait enlevé sa capuche et franchissait la grille du lycée. Ses cheveux étaient d'un roux étonnant, nouvel amer dans l'océan de sentiments nouveaux qui déferlaient en moi.

5

On s'est revus le jour même.

Fitoussi, la prof de français, était malade, et on a fini deux heures plus tôt que prévu. Avant de rentrer chez nous, avec la bande, on a été boire un pot chez Ali, le café d'en face. La bande, c'était Nathalie, ma meilleure amie, presque ma quatrième sœur, Kevin, son copain du moment (elle en changeait à peu près chaque trimestre et en avait connu de plus glorieux), Thomas, dit Tomtom parce qu'il bégayait légèrement et répétait souvent les premières syllabes des mots deux fois, et Julie, qui habitait deux maisons à côté de la mienne. Les parents de la moitié des élèves de ma classe (et la totalité de ceux de la bande) travaillaient à l'usine, et « la fermeture » était la grande conversation du jour. D'ailleurs, tout le monde, partout, ne parlait plus que de ça depuis le matin ! Au café, à la Maison de la presse, dans la rue, dans les couloirs du lycée… Comme parfois l'annonce d'une catastrophe horrible au journal télévisé, cette nouvelle nous avait réveillés de notre petit train-train, et on était avides d'informations, de commentaires, de ragots, d'événements. Il s'agissait de la très prochaine perte du travail de la plupart de nos parents, et à seize ou dix-sept ans, on n'était plus assez loin du monde du travail pour ne pas nous sentir concernés ! Et puis les débats, on adorait ça : dire que le monde est injuste, pourri, qu'il faudrait supprimer la pauvreté, les injustices, la pollution, les guerres et tout ! On avait l'âge de croire qu'on allait changer le monde… plus pour longtemps, mais on ne le savait pas encore.

Au bout d'un moment, je me suis levée pour aller mettre un disque dans le juke-box d'Ali, un vieux machin de collection en chrome et plein de couleurs acidulées. Depuis le passage à l'euro, il n'acceptait plus les pièces, et Ali avait décidé que la musique serait gratuite dans son café. J'ai sélectionné *Retiens la nuit*, la chanson préférée de maman qui, à part sa passion pour les grands ténors italiens, est fan de Johnny Hallyday. Je l'ai toujours entendue dire que si elle avait eu un garçon, elle l'aurait appelé soit Johnny, soit Luciano. Je l'ai échappé belle ! En me retournant pour rejoindre la bande à notre table, j'ai failli me cogner contre Guillaume.

– Encore ! je lui ai dit en souriant.

J'ai tout de suite vu qu'il ne me reconnaissait pas.

– Ce matin ! À la Maison de la presse !
– Ah oui ! Je t'avais pas reconnue… à cause de la capuche…

Je lui ai souri et ses joues déjà rouges sont devenues presque violettes. J'ai regretté qu'il m'ait tutoyée ; son « vous » de notre première rencontre était plus classe.

– T'es au lycée ? il m'a ensuite demandé. C'est marrant qu'on se soit jamais rencontrés avant !
– On n'est pas tout seuls à y aller !
– Non. T'es en quelle classe ?
– Seconde T4. Et toi ?
– Première A2.

D'accord je redoublais ma seconde, mais quand même, il faisait nettement plus jeune que moi et ça m'a un peu foutu les boules qu'il soit déjà en première. J'en ai profité pour le détailler un peu : pas très grand mais pas petit non plus, ni gros ni maigre, les cheveux bruns ondulés ni longs ni courts, les yeux marron et un nez un peu fort mais pas trop quand même. Bref : moyen, rien à dire. Pas étonnant que je l'ai pas remarqué plus tôt parmi les centaines de garçons du lycée, même avec ses fringues qui lui donnaient l'air de sortir de la messe en permanence. Pourtant, à y regarder de plus près, il avait quelque chose dans le regard, une lueur, une chaleur, qui faisait qu'une fois croisé, on avait du mal à s'en détacher.

– J'suis avec des potes, là… Tu prends un verre avec nous ?

Il a regardé sa montre, a hésité un peu et a enfin accepté.

– Vite fait, alors…

On s'est approchés de la table où la conversation s'est aussitôt arrêtée.

– Heu… J'vous présente…
– Guillaume.
– Guillaume, donc.

Bêtement, j'ai rougi en m'asseyant, et j'ai surpris le sourire en coin de Nat. J'avais pas fini d'en entendre parler ! Son truc, à Nat, c'était de me caser, de me trouver un copain vu que j'en avais pas alors qu'elle en faisait collection. Vu surtout que j'avais encore jamais couché avec un garçon, alors qu'elle si, et depuis belle lurette.

– Et toi, c'est comment ? m'a demandé Guillaume à l'oreille.

– Clara.

Maintenant que les présentations étaient faites, la conversation a repris là où elle en était :

– Dede toute façon, a dit Tomtom, les papatrons, c'est tous des enccculés.

Assis à ma droite, j'ai senti que Guillaume se raidissait brusquement.

6

C'était la première fois que quelqu'un traitait mon père d'enculé. En tout cas devant moi. Normalement, j'aurais dû me lever et mettre ma main en travers de la figure de celui, aussi bègue fût-il, qui avait prononcé ces paroles ! Eh bien… non seulement je me suis tu, mais en plus, j'ai fait mine de m'intéresser à la conversation, allant même jusqu'à dodeliner de la tête d'un air de parfaite approbation lorsque Clara dirigeait son regard émeraude dans ma direction.

Était-ce là ce qu'on appelle un coup de foudre ? Ce qui était sûr, c'est que je ne me reconnaissais plus.

En sortant de la voiture de mon père, quelques heures plus tôt, sans réfléchir, j'avais discrètement suivi Clara vers le bâtiment C du lycée alors que j'avais moi-même cours en A. Je me tenais à bonne distance, juste assez loin dans la foule des élèves qui encombraient les couloirs pour ne pas me faire repérer, juste assez près pour ne pas perdre Clara de vue. Une furie, flanquée d'un benêt se la jouant gang rap, me doubla en me fichant au passage son sac dans les côtes et sauta sur le dos de Clara. Les deux filles s'embrassèrent en riant et en gloussant, sous le regard bovin du garçon. Enfin, arrivés au troisième étage du bâtiment, les trois rejoignirent leur classe au moment où la première heure de cours sonnait. Le couloir se vida en quelques secondes, telle une baignoire dont on ouvre la bonde, et je me retrouvai tout seul dans un silence si incongru que soudain, mon comportement me sembla parfaitement ridicule. À l'heure où j'aurais déjà dû être au travail sur un contrôle de maths (le souvenir que j'avais un contrôle venait juste de me revenir), j'étais exactement à l'autre bout du lycée, errant comme une âme en peine sur les traces d'une fille avec qui je n'avais pas échangé plus de trois mots ! Je repris enfin mes esprits, dévalai les escaliers du bâtiment C, traversai la cour sous une pluie redoublée, m'engouffrai dans le bâtiment A pour gravir ses trois étages en courant, et j'entrai enfin, trempé, en sueur et essoufflé, dans la salle 306. Tous les regards se braquèrent sur moi, y compris celui de Mme Ginoulac, ma prof de maths. Je bafouillai une excuse confuse et m'assis à ma place, près de Damien qui évita curieusement de croiser mon regard.

C'était sans doute la première fois que j'étais en retard depuis le début de ma scolarité, moi, l'éternel premier de la classe, mais cela justifiait-il que l'on me dévisage ainsi ? Il me fallut de longues secondes pour comprendre que la vraie raison de l'intérêt insistant et vaguement hostile que me portaient élèves et professeur ce matin-là venait directement de l'annonce de la fermeture de l'usine ! Évidemment ! J'étais le fils du patron, et plus de la moitié des parents de mes camarades de classe, mon meilleur ami Damien compris, travaillaient pour mon père. Si, jusqu'à ce jour, cela n'avait jamais posé de réel problème, les choses étaient à l'évidence en train de changer.

Mon père avait bien des défauts mais, sur ce point, il avait toujours été très clair. Dès la primaire, il m'avait pris à part pour m'expliquer qu'en aucun cas, il ne fallait que je fasse le malin à l'école parce que mon papa était le patron des papas des autres. Il m'avait expliqué qu'il en allait de mon confort personnel, de mon bonheur, et que si je crânais, je n'aurais jamais aucun ami. Même, il avait insisté sur le fait que l'argent gagné au travail, ou le poste tenu, n'avait rien à voir avec les qualités humaines d'une personne, et que donc, en résumé, ni lui ni moi ne valions mieux que les autres.

En vérité, et même en appliquant les conseils

de mon père, je n'avais jamais eu beaucoup d'amis. J'avais toujours naturellement attribué cela à mon caractère, à ma réserve, à mon goût pour la solitude, la lecture… Mais je compris ce matin-là qu'en fait, ces goûts m'étaient venus parce que les autres me tenaient un peu à l'écart depuis toujours. Damien mis à part, et même si je ne parlais jamais de mon père, les autres enfants savaient qui il était, et, presque instinctivement, m'avaient évité.

Je n'arrivais pas à me concentrer sur le devoir de maths, autant parce que je pensais à Clara et cherchais à comprendre ce qui m'arrivait qu'à cause de la lourde ambiance qui régnait autour de moi dans la classe. Après quelques minutes, je me penchai vers Damien et lui glissai à voix basse :

– J'y suis pour rien, moi !

Il ne répondit pas, et je sentis que j'avais vu juste, que tous m'en voulaient de ce que mon père était en train de faire aux leurs.

Ce fut une journée pénible. Longue. À 15 heures, alors que le cours d'anglais s'achevait à peine et qu'il me restait deux longues heures de français à subir, je vis Clara par la fenêtre. Avec des copains, trois étages plus bas, elle était en train de sortir du lycée et de se diriger vers le café d'en face. Je sentis aussitôt mon cœur se mettre à battre, et me retrouvai deux minutes plus tard de l'autre côté de la rue, en train d'observer discrètement les clients à travers la vitrine du café.

Je séchais un cours pour la première fois de ma vie, et le remords qui commençait à me travailler s'évanouit lorsque je vis Clara se lever et se diriger vers un vieux juke-box. Sans plus réfléchir, j'entrai, m'avançai, et m'arrangeai pour que l'on se cogne. Elle me sourit tout de suite et, pour avoir l'air d'être là par hasard, je fis mine de ne pas la reconnaître.

– Ce matin ! À la Maison de la presse ! me dit-elle alors.

Et Bingo ! La phrase suivante de Clara fut exactement celle que je n'osais même pas espérer. J'inspirai profondément pour ne pas montrer mon excitation, regardai ma montre, fit semblant d'être pressé, et acceptai bien évidemment de m'asseoir à la table de ses copains : la furie (j'apprendrai plus tard qu'elle s'appelait Nathalie), le benêt à casquette et chaîne plaquée or, alias Kevin, son petit copain, une autre fille assez jolie, et le bègue qui, trente secondes plus tard, devait insulter mon père.

Je suis resté trois quarts d'heure à les écouter refaire le monde et agonir le mien. Ils avaient la haine, comme aimait à répéter inlassablement Kevin, et je dois avouer que je fus déstabilisé par cette conversation. À l'école, au collège, au lycée, j'avais toujours vécu parmi leurs semblables que je croyais les miens ! Soudain, je comprenais que, bien involontairement, je symbolisais ce que, culturellement, héréditairement, ils avaient toujours détesté.

Commençant à peine à briser ma coquille dorée, je n'en étais qu'au tout début de mes surprises.

7

Le soir même, papa a téléphoné de la voiture en quittant l'usine. C'est moi qui ai décroché :
– Clara ! Dis à ta mère que je passe au journal régional, sur France 3.
– C'est pas vrai ?
– Une interview, pour la grève… Faut qu'je raccroche, y a des flics…
– Papa passe à la télé ! j'ai crié une fois le téléphone reposé.
Mes trois sœurs ont aussitôt dévalé l'escalier.
– Où ça ? Quelle chaîne ?
– Du calme, j'ai dit. Les infos régionales, sur France 3.
Il restait trois bons quarts d'heure à attendre, ce qui ne nous a pas empêchées de mettre la télé sur la 3 et de nous installer devant, au garde-à-vous. Maman est enfin arrivée.
– Vous avez une cassette ?
Alicia s'est précipitée vers le meuble télé et s'est mise à fouiller.

À la maison, la télé et le magnétoscope, c'était notre domaine à nous les filles. Depuis longtemps déjà, papa et maman avaient décidé de ne plus s'en mêler et de nous laisser nous étriper pour choisir les programmes. De toute façon, ils s'en fichaient de ce qu'on regardait. Papa s'endormait toujours avant la fin, et maman ratait le début parce qu'elle voulait absolument finir la vaisselle avant de nous rejoindre. Peut-être qu'une fois couchés, ils se racontaient chacun ce qu'ils avaient vu ?

– Y a plus de cassette vierge ! a fini par dire Alicia après avoir sorti nos vidéos sur le tapis du salon.

– On n'a qu'à effacer un épisode des « Télétubbies », a proposé Laura.

– NON ! a immédiatement hurlé Jess, ce qui était bien le but recherché.

Les cassettes des « Télétubbies » étaient le doudou de Jess, une émission pour enfants de moins de trois ans où on apprenait à reconnaître les couleurs, les chiffres, les formes, mais dont, à huit ans, elle regardait un épisode par jour en suçant son pouce. Du coup, on passait notre temps à menacer Jess de jeter ses cassettes, ce qui la mettait en colère puis la faisait pleurer à tous les coups.

Dix minutes plus tard, quand papa est arrivé, on était en train de se chamailler pour savoir laquelle d'entre nous allait sacrifier une de ses cassettes. J'avais le chic pour mettre mes sœurs en colère : comme j'étais la plus grande, il me suffisait de prendre une allure méprisante, du genre « Je discute pas avec des gamines », et ça les rendait dingues. Papa a pris un air agacé pour dire que c'était idiot d'enregistrer les infos, que c'était sérieux, pour la grève et tout, mais en fait, j'ai bien vu qu'il était aussi excité que nous.

Je ne connaissais que trois personnes qui étaient déjà passées à la télé. La mère Poulin, la boulangère de la rue des Lavandières, avait eu les honneurs du 13 heures de TF1 parce qu'elle refusait de passer à l'euro comme tout le monde (elle avait finalement été obligée de se rallier à la monnaie unique, faute de clients, quand plus personne n'avait eu de francs) ; Michel Tirard, notre ancien maire Front national qui avait fait parler de lui en instaurant un couvre-feu pour les mineurs ; et enfin ma prof d'histoire-géo de cinquième, Mme Ducelet, qui s'était fait éliminer à la première épreuve de « Question pour un champion » en se plantant dans la date de la mort de Louis XVI alors que l'intégralité de ses élèves étaient devant leur poste.

– Qu'est-ce qui se passe ? a demandé papi qui revenait juste de sa promenade quotidienne.

Quand il a su que papa passait à la télé, lui, ça lui a rien fait, sauf pour savoir ce qu'il allait y dire, et ce qui s'était passé aujourd'hui à l'usine. Les anciens du parti communiste n'étaient pas des marrants ! En même temps, c'était vrai qu'aucune d'entre nous n'avait pris de nouvelles de la journée de papa et de la réunion qu'il avait dû avoir avec la direction.

– Oh, comme prévu ! a-t-il dit en haussant les épaules. Prime de licenciement ou plan d'accompagnement social…

– Ouais, le baratin à la mode, quoi. On fout tout l'monde dehors, mais par la grande porte, avec le tapis rouge… Et comment ils se justifient ?

– Des chiffres en veux-tu en voilà, des graphiques, et même une projection vidéo !… Ils ont fait venir un petit jeune frais sorti d'HEC rien que pour ça ! Un embrouilleur de première. Enfin… il nous a prouvé par a+b que l'usine faisait perdre de l'argent au groupe, et que, donc, la fermeture était justifiée.

– Ben voyons… Tu penses bien qu'ils se sont arrangés pour qu'on soit déficitaires… De mon temps…

– Je sais ! l'a interrompu papa. Mais le vieux Fouconnier, il est à la retraite, et son père, au cimetière…

– N'empêche que le vieux Joseph, lui, il connaissait ses ouvriers par leur prénom… Et du temps de son fils, tiens, pour ta naissance par exemple, on a reçu une prime, avec un mot de félicitation de sa main…

– Sauf qu'à l'époque, t'étais le premier à t'élever contre ces méthodes démagogiques et paternalistes ! a ironisé papa.

Ils ont été interrompus par le générique des infos régionales. Du coup, je me suis précipitée sur la première cassette venue et j'ai lancé l'enregistrement.

La fermeture de l'usine était le premier titre du jour et, après deux trois phrases d'explications, le présentateur a lancé le reportage.

— Regardez ! C'est l'usine ! a braillé Laura.

— Évidemment ! j'ai répondu d'un air exaspéré. Ils allaient pas filmer la tour Eiffel !

— Chut ! est intervenu papi.

— Là ! C'est tonton Ahmed ! a dit Jess pour qui n'importe quel homme adulte était un oncle.

— On le reconnaît bien, a dit maman.

— Évidemment, puisque c'est lui, j'ai lancé, vacharde.

C'est vrai, quoi : on se serait cru à une projection de diapos de vacances ! Des fois, ils m'énervaient tous, dans cette maison, et j'avais l'impression d'être la seule à avoir un peu de dignité.

Des images de la réunion avec le jeune en costume et lunettes sont apparues à l'écran. Avec sa sale gueule de premier de la classe, il expliquait aux ouvriers pourquoi ils allaient perdre leur boulot comme s'il parlait à des gosses de maternelle. Faut bien avouer aussi que personne n'avait l'air de rien comprendre à ce qu'il disait, et que les gros plans de la télé sur les visages perplexes des collègues de papa contrastaient drôlement avec ses mots savants.

Enfin, on a vu papa pour la première fois, juste quelques secondes qui nous ont tous fait pousser un cri. Même s'il essayait de garder son sérieux pour bien nous montrer que ça lui faisait rien de se voir à la télé, j'ai bien vu que papa avait du mal à ne pas sourire. Et le meilleur était à venir : une vue de la grille extérieure de l'usine, avec les copains de papa qui l'entouraient, les bras croisés, en dodelinant de la tête pour bien montrer qu'ils étaient d'accord avec ce qu'il disait et déterminés à se battre : « On ne peut pas, impunément, annoncer plus de cent millions d'euros de bénéfices et mettre en même temps des milliers de travailleurs au chômage ! » Jess a voulu applaudir mais on l'a fait taire. La journaliste a posé une question qu'on n'a pas entendue, du coup, mais à laquelle papa a répondu par : « La grève, bien sûr... » Et la journaliste a terminé son reportage en posant devant papa et sa bande (dont Christian, qui avait du mal à retenir un fou rire) en disant que ce n'était visiblement que le début d'un long combat à propos duquel, malheureusement, François-Marie Fouconnier, le directeur de l'usine, n'avait pas voulu s'exprimer devant les caméras.

Le téléphone n'a pas arrêté de sonner de la soirée : les voisins, amis, parents, collègues, qui avaient vu papa à la télé. On s'est couchés tard, ce soir-là, et avant de m'endormir, j'ai entendu papa qui se repassait la cassette en douce.

Le lendemain matin, RTL et « Télé-Matin » parlaient de nous et, à la tête que faisaient papi et maman quand je suis arrivée dans la cuisine, j'ai vu qu'il s'était passé quelque chose de grave. Des jeunes de la cité du plateau Saint-Jean étaient descendus en ville pendant la nuit pour cramer des voitures et casser des vitrines. Les journalistes expliquaient que c'était l'annonce de la fermeture de l'usine qui avait déclenché cette vague de violence.

– Foutaises ! a dit mon grand-père. Pour eux, tout est bon pour mettre la pagaille ! Quel rapport entre l'usine et ces voitures brûlées ! Ils ont même pas le courage de s'attaquer aux vrais responsables ! C'est pas de leur faute, aux gens du centre-ville, si l'usine elle ferme ! J'suis même sûr que dans l'tas, y a bien des voitures qui appartenaient à des ouvriers de l'usine !

– C'est leur avenir qui ferme avec l'usine ! j'ai dit alors. C'est normal qu'ils se laissent pas faire sans rien dire !

– Leur avenir ! Aux jeunes de la cité ! Ils sont bien trop paresseux pour travailler à l'usine ! Leur avenir c'est la prison, oui !

– Tu peux pas dire ça !

– J'vais m'gêner ! Est-ce que j'ai brûlé des voitures, moi, quand j'étais jeune ? Hein ? J'ai dû quitter l'école à quinze ans pour rentrer à l'usine. À quinze ans ! Est-ce que j'ai tout cassé pour autant ? Non, j'ai bossé dur, point final.

— Et ça t'a servi à quoi ? j'ai dit d'un ton moqueur. Hein ? T'as bossé toute ta vie pour quoi ?

— Pour quoi ? s'est exclamé papi, vraiment en colère cette fois. Mais pour que toi, à dix-sept ans, tu puisses redoubler tranquillement ta seconde, ma chérie… Pour que tes parents aient une maison, que vous puissiez rêver de faire autre chose que de bosser à l'usine comme vos parents et vos grands-parents ! Voilà pourquoi j'ai travaillé si dur…

Papi était blessé par ma question, et sa voix pleine d'ironie. Je me suis sentie rougir et je n'ai rien trouvé à répondre.

Chez Ali, une heure plus tard, la bande ne parlait que des émeutes de la nuit. Nos parents devaient être en train de mettre la grève en place, mais ils s'étaient fait voler la vedette par les casseurs. Kevin, qui habitait la cité, était excité comme une puce.

De mon côté, je me taisais car je repensais à ce que m'avait dit papi. Je n'étais pas d'accord, bien sûr, mais au fond de moi, je savais qu'un jour, plus tard, je le serais sans doute. Simplement, je n'étais pas encore prête à l'admettre. J'avais dix-sept ans, et je comprenais la rage de ces jeunes qui avaient cramé les voitures. Je la comprenais parce que je l'avais déjà ressentie, à ma manière, même si elle ne m'avait jamais poussée plus loin que de répondre à mes parents, mettre ma musique à fond ou me faire piercer le nombril juste pour rendre mon père dingue ! En fait, cette rage, c'était de la peur. La peur d'admettre que la vie n'est rien de plus que ce qu'elle est. Quand on a quinze, seize ou dix-sept ans, c'est vraiment dur, et presque impossible, de se dire qu'on va juste mener la même vie que ses parents, que la vie consiste seulement à trouver un boulot, se marier, faire des gosses, vieillir et puis mourir ensuite. C'est comme si on vous donnait un jeu absolument génial, aux possibilités illimitées, mais qu'en même temps on vous interdisait de dépasser le niveau 1 !

Il a bien fallu qu'on quitte le café pour aller en cours, même Kevin le rebelle. Une seule chose était sûre, c'est que ça bougeait, depuis deux jours, dans le coin. Enfin ! je serais tentée de dire. On se plaignait tellement d'habitude, parce qu'il ne se passait jamais rien chez nous ! Eh ben là, on était servis : la fermeture de l'usine, la grève, les émeutes, les flics partout, la télé… On savait bien que c'était grave, mais n'empêche que mes copains et moi, on ne s'était sans doute jamais sentis aussi exaltés.

8

Je suis arrivé chez Ali au moment où Clara et sa bande en sortaient. Nathalie a fait une moue ironique en me voyant, mais Clara a souri.
– Salut !
Elle s'est avancée vers moi et nous nous sommes fait la bise. Le premier vrai contact de nos deux peaux. Je me suis trouvé un peu bête, là, sur le trottoir, et je leur ai emboîté le pas en espérant que cela paraisse le plus naturel possible.

Clara et moi marchions en queue de peloton, et les autres nous lançaient de temps en temps des regards soit amusés, soit hostiles. De toute évidence, j'amusais Nathalie, intriguais Julie, mais déplaisais fortement aux deux garçons, Kevin et celui que les autres appelaient Tomtom. Le premier ne semblait pas apprécier que je m'incruste dans leur bande, alors que le deuxième voyait d'un très mauvais œil la raison évidente de ma présence. Ce garçon était amoureux de Clara, ça se voyait comme le nez au milieu du visage ! Nous sommes rentrés dans l'enceinte du lycée, et je me suis enfin lancé au moment où nous allions nous séparer.

– Tu veux pas qu'on aille boire un verre, après les cours ?
– Euh… Pourquoi pas ?
– Tu termines à quelle heure ?
– 16.
– Moi aussi ! On se retrouve devant la grille ?
– D'accord.

Elle a rejoint ses amis en s'efforçant de cacher la rougeur de ses joues. Bien sûr, j'étais censé terminer à 17 heures, pas à 16 ! Mais dans l'état de trouble qui était le mien depuis deux jours, les heures et les minutes qui me séparaient de mes brèves entrevues avec Clara me semblaient si longues que le sacrifice d'un cours d'allemand ne serait pas de trop.

Pour la première fois de ma vie je flirtais avec une fille. Dit comme ça, ça doit avoir l'air bête, mais c'est pourtant la vérité. J'étais puceau. Mais alors vraiment puceau ; LE puceau intégral ! Non seulement je n'avais jamais couché avec une fille, mais je n'en avais jamais embrassé ailleurs que sur la joue, ni même tenu par la main ! Pas mal de garçons de ma classe, cette année-là, avaient franchi le pas l'été passé, et s'il est vrai qu'avec mon année d'avance j'étais le plus jeune, mes seize ans n'expliquaient pas tout. En vérité, j'avais une nature de puceau, c'était inscrit dans mes gènes (et sur ma figure!) : premier de la classe chronique, timide de naissance, solitaire par goût (et donc aussi par force, à force), passionné de littérature et d'opéra, allergique au sport, à la fumée de cigarette, hermétique aux modes vestimentaires… Bref, un cas désespéré pour les filles. L'observation, autant que la lecture de tant et tant de romans, m'avaient appris que pour coucher, il fallait du culot, ce qui, justement, était un ingrédient quasi inexistant de ma composition intime. Je n'étais ni assez sûr de moi ni assez beau parleur pour parvenir à mes fins, dans n'importe quel domaine que ce soit, si un obstacle se présentait sur ma route. Je crois que j'étais beaucoup trop bien élevé pour « tomber » les filles. Dans certains cas, la courtoisie peut devenir un handicap lorsque les circonstances nécessitent un peu d'audace. Après une longue conversation stratégique, au moment où n'importe quel autre garçon roulerait une pelle par surprise à une fille qui, de fait, n'attendait plus ça, moi, je tournerais dans ma tête une formule polie du genre : « Verriez-vous un inconvénient à ce que j'insinue le bout de ma langue entre vos lèvres ? », m'empressant d'ajouter avant que la fille ait eu le temps de réagir : « Mais bon, surtout, je ne veux pas déranger »… J'aurais pu écrire un livre sur le sujet :

COMMENT ÊTRE SÛR
DE NE PAS SÉDUIRE LES FILLES
par François-Guillaume Fouconnier
puceau diplômé d'État

Pourtant, miracle, je venais bien d'inviter Clara à prendre un verre avec moi alors qu'on se connaissait à peine ! Simplement, une nouvelle donne était entrée dans ma vie : j'étais amoureux. Je ne le savais pas vraiment encore à ce moment précis, mais quoi d'autre, sinon l'amour, aurait pu me donner le courage de faire ce premier (petit) pas ? Quelques mois plus tôt, j'avais eu une conversation à ce propos avec un copain de la classe pour qui le désir n'avait rien à voir avec l'amour.

– C'est les filles qu'ont besoin d'aimer pour coucher ! m'avait-il lancé.

– Justement ! avais-je répondu. C'est bien avec les filles qu'on veut coucher, non ?

– Et alors ?

Et alors ? Il était clair que nous n'avions pas la même conception du rapport homme-femme, et la conversation avait fait long feu. En même temps, lui, il couchait avec des filles !

Je ne voudrais pas que la lecture de ces lignes donne une fausse idée de qui j'étais à seize ans. Timide, puceau, renfermé, d'accord… mais pas non plus le niais que l'on pourrait croire ! J'étais averti sur les jeux de l'amour comme sur mon inaptitude de l'époque. Et, bien que sans aucune pratique initiatique sur le terrain, j'avais dépassé depuis longtemps le stade du rêve d'un amour pur et platonique. Je savais ce que voulaient les filles : de l'amour, certes, mais pas sans le sexe qui va avec ! Et j'étais prêt, pour peu que l'amour se décide à faire passer tous les voyants au vert. C'était l'approche amoureuse plus que l'acte sexuel qui m'arrêtait. Je savais ce qu'un homme et une femme devaient accomplir pour se donner et prendre du plaisir, et ça ne me faisait pas peur ! Je savais même, en théorie, les comportements à éviter… J'avais beaucoup lu, et les trois quarts de la production littéraire mondiale, surtout contemporaine, ne parlaient que d'amour et de sexe. C'était peut-être ça, d'ailleurs, mon problème : j'avais énormément lu, et si peu vécu. Une assez bonne définition de qui j'étais à l'adolescence.

À 16 heures pétantes, j'étais devant la grille du lycée, le cœur au bord des lèvres. Clara est apparue, une fois de plus accompagnée de sa garde rapprochée. L'amertume empoisonna aussitôt mes veines : nous n'avions pas dû nous comprendre, et j'allais devoir affronter une nouvelle fois la conversation de groupe chez Ali. C'est alors que j'entendis Clara dire « À plus » à sa bande. Puis à moi :
– On va où ?

J'avais eu huit heures pour trouver la réponse à cette question.

Dix minutes de marche nous menèrent au *Queequeg*, un bar américain où j'avais quelques fois accompagné mon père et que je fréquentais assidûment depuis en solitaire. Le décor était une copie fidèle d'un bar new-yorkais dont j'ai oublié le nom mais où j'avais déjeuné trois ans plus tôt. Ses murs de brique peinte étaient couverts de portraits d'écrivains américains, mes idoles, dont, bien sûr, Melville, célèbre pour son *Moby Dick* duquel le nom de l'établissement était tiré. Surtout, on y entendait une excellente pop folk américaine qui allait nous changer de la mauvaise variété française du juke-box d'Ali. Je notais d'ailleurs en entrant que justement passait *You're a Big Girl Now*, de Dylan, message subliminal, qui, avec un peu de chance, agiterait le subconscient de Clara.

Cette dernière sembla apprécier l'endroit, et elle fut impressionnée par la familiarité avec laquelle m'accueillit Mady, la patronne. C'était une femme de près de soixante ans, obèse, la voix brisée par une éternelle Gauloise sans filtre aux lèvres, et qui comptait beaucoup pour moi. Bien que française, c'était elle qui m'avait fait (et me faisait encore à l'époque) découvrir tous mes auteurs anglo-saxons favoris (Hemingway, London, Steinbeck, Irving, Harrison, et plus tard, découverts par moi-même mais néanmoins grâce à cette première impulsion : Miller, Updike, Roth…) ainsi que les quelques chanteurs qui avaient les honneurs de ma CDthèque, serrés parmi mes classiques favoris : Dylan entre Donizetti et Fauré, Springsteen entre Chostakovitch et Ravel, Guthrie entre Gounod et Haendel, par exemple. Mady, faute de mieux, m'avait culturellement dépucelé.

C'était la première fois que j'amenais une fille au *Queequeg*, et Mady eut la délicatesse de ne pas relever la singularité de l'événement et de m'accueillir comme si de rien n'était, ou mieux, comme si j'avais l'habitude de venir boire un verre chez elle en compagnie de créatures de rêve. Nous nous sommes installés à ma table habituelle et Clara a jeté un regard alentour.

– C'est cool, ici ! dit-elle au moment où Mady venait prendre notre commande.

– Et comment qu'c'est cool ! répondit notre hôtesse de sa voix de basse goudronnée par près d'un demi-siècle de cigarettes brunes. Qu'est-ce que j'vous sers ?

De l'heure suivante, je ne me souviens de rien avec précision, sinon du cyclone émotionnel qui se forma en moi. Je sais que nous avons parlé de tout et de rien, mais les mots prononcés n'ont pas résisté au temps et à la sélection naturelle effectuée par ma mémoire.

D'abord, je pris le temps de regarder Clara

en détail. Elle était jolie. Pas belle, mais vraiment jolie. Tout à fait à mon goût, surtout que j'adorais les rousses, sans doute à cause d'un résidu œdipien mal réglé puisque c'était la couleur des cheveux de ma mère.

– Qu'est-ce qu'il fait chaud, ici ! dit Clara après que Mady nous eut apporté nos boissons.

Ce furent les derniers mots qui parvinrent clairement à mon cerveau encore vaillant pour seulement quelques secondes. Car un instant plus tard, Clara enlevait son pull à col roulé sous lequel elle portait un T-shirt au col en V très large. Et mon regard capta un éclair de chair qui déclencha l'implosion combinée de ma tête et de mon cœur. Un rien, un quart de seconde, mais le roulement souple du haut d'un sein sur l'autre, formant un instant dans l'échancrure du T-shirt blanc un coussin de peau au creux duquel j'aurais voulu passer le reste de ma vie. Aussitôt, je m'obligeai à regarder Clara dans les yeux pour qu'elle ne puisse me surprendre à regarder son décolleté. Et je passai la suite de notre rendez-vous à lutter contre un impérieux désir, presque douloureux, de laisser mes yeux plonger vers des délices que je me condamnais dès lors à seulement m'imaginer. Et il me fallut puiser en moi toutes mes réserves de volonté pour ne pas révéler à Clara le monstre lubrique qui venait de se réveiller en moi. Elle se tenait à quelques centimètres seulement, je pouvais sentir son odeur, et je bouillais de désir, de l'envie d'embrasser ses lèvres, de loger mon nez dans ses cheveux, de toucher sa peau, son cou, ses seins…

Je crois avoir à peu près réussi à rester courtois pendant l'heure que nous avons passée chez Mady, bien qu'un nouveau problème se soit posé à moi : celui de savoir comment j'allais parvenir à me lever et quitter la table sans révéler à Clara l'effet qu'elle faisait sur moi.

9

C'est vraiment ce jour-là, au café américain, que j'ai craqué pour Guillaume. Il était tellement différent : gentleman et tout ! Et pourtant, je lui avais fait le coup du pull, le grand classique du décolleté !

Mes seins ont commencé à pousser à l'âge de onze ans. Pas grand-chose au début, juste deux pointes qui tendaient à peine le tissu de mes T-shirts mais dont j'étais très fière chaque matin devant la glace. Ça s'est vite gâté puisque à douze ans, ils avaient quasiment leur taille actuelle, ce qui n'est pas énorme pour une adulte, mais un véritable fardeau pour une presque encore petite fille. C'est à cette époque, et pour plusieurs années, que je me suis mise à marcher les épaules rentrées et les yeux baissés. Ça énervait maman qui me disait toujours d'arrêter de tout regarder par en dessous. Ça me tuait : comment avait-elle pu oublier sa propre jeunesse ? Comment avait-elle pu oublier le regard dégueulasse des hommes ?

Je n'avais que douze ans, encore une gamine, et tous les hommes, jeunes ou vieux, n'arrêtaient plus de me reluquer. En classe, les garçons étaient pour la plupart trop mômes pour avoir dépassé le stade de la blague idiote, et prononcer le mot nichon suffisait le plus souvent à leur bonheur ! Mais c'était une autre musique avec ceux des classes au-dessus, ou même avec certains profs, comme Tallet, en sport, dont je surprenais sans arrêt le regard fuyant brusquement ma poitrine ! Il n'a jamais eu un geste ou une parole déplacé ni rien, mais il ne pouvait pas s'empêcher de regarder. Déjà que c'était pénible de faire du sport avec des seins qui manquaient de vous assommer au moindre mouvement trop brusque ! Pareil pour le chauffeur qui me regardait monter dans le bus, pour l'épicier qui me matait par en dessous en me rendant la monnaie, le facteur quand il sonnait à la porte pour un colis et dont le regard glissait maintenant sur ma mère pour s'arrêter sur moi. Tous, jusqu'à certains membres de ma propre famille, des cousins, ou même mon oncle Pierre. Enfin tous… sauf Guillaume. Lui, on se couchait presque sur la table, avec un soutif pigeonnant en plus, et il vous regardait droit dans les yeux. Un prince.

Pourtant, il était clair qu'il me faisait du rentre-dedans, mais avec les formes, courtoisie et classe. Très différemment de ceux qui avaient déjà tenté leur chance avec moi et n'avaient jusqu'à ce jour rien obtenu sinon de vagues baisers sur la bouche et autres tripotages par-dessus les vêtements. Quand je repense à leurs approches ! Une fois, un garçon qui s'appelait Matthieu, je crois, n'avait rien trouvé de mieux pour me draguer que de me sortir une boîte de capotes de sa poche. Un autre m'avait proposé, telle la chance de ma vie, de venir voir chez lui un film de cul enregistré sur le satellite en cachette de ses parents. Et je ne parle même pas de ces bâtards juste croisés dans un couloir et qui vous balancent un « Tu suces ? » surtout destiné à faire marrer leurs copains ! Ce sont de grands romantiques, les mecs ! De quoi vous dégoûter de l'amour jusqu'à la retraite… Il a fallu attendre le lycée pour que je commence à supporter mes seins, et, petit à petit, me mettre à en être fière. Il y avait aussi autre chose que ces deux-là devaient se faire pardonner : à onze ans et demi, en gagnant de la poitrine, j'avais perdu les câlins de mon père qui avait cessé du jour au lendemain de me prendre sur ses genoux comme on en avait l'habitude, juste pour se serrer l'un contre l'autre, ou pour une séance de chatouilles dans les règles de l'art. C'est pas grand-chose, deux seins naissants, quelques grammes de chair en plus, mais qui tirent un trait définitif sur des années d'enfance.

Il y a eu plusieurs longues secondes de gêne, cet après-midi-là, au bar américain. L'énorme patronne est retournée derrière son comptoir et a repris la lecture d'un bouquin là où elle en était avant notre arrivée. Nous étions ses seuls clients.

Finalement, j'avais un peu froid avec mon décolleté à l'air, mais je ne pouvais pas remettre mon pull sous peine de passer pour folle. Guillaume me regardait droit dans les yeux, visiblement nerveux. J'ai jeté un coup d'œil sur les murs du bar qui étaient couverts de photos d'hommes et de femmes que je ne connaissais pas, et Guillaume en a profité pour rompre enfin le silence.

– Il y a exactement le même bar à New York, au Village.

– Tu connais New York ?

– Un peu. J'y ai passé trois mois…

Ça m'a impressionnée. Personnellement, je n'avais jamais mis les pieds en dehors de la France, et pour moi New York était soit un décor de cinéma soit celui des attentats du 11 septembre 2001, ce qui, dans ma tête, n'était d'ailleurs pas tellement différent. On s'est remis à rien dire et cette fois, c'est moi qui ai essayé de relancer la conversation.

– Sympa, la musique.

– Dylan ! a répondu Guillaume comme si c'était une évidence.

– Eh ouais ! j'ai fait sur le même ton.

Inconnu au bataillon. Ce Dylan avait un peu la voix de Donald et ses chansons avaient plus de paroles que de musique. N'empêche que si on tendait un peu l'oreille, on se mettait à battre du pied sans s'en rendre compte. En plus, ça collait vachement bien avec le décor, les murs en brique blanche et tout.

– Je crois que *Blood On The Tracks* est quand même mon album préféré, a dit Guillaume. Juste avant *Oh Mercy*. C'était encore la grande époque…

J'ai fait une moue qui était censée laisser entendre que j'étais d'accord, mais quand même avec des réserves. J'ai été soulagée que Guillaume ne cherche pas à les connaître.

– T'écoutes beaucoup de musique ? j'ai demandé ensuite.

– Oui. Énormément. La musique et les livres, c'est toute ma vie.

Ça se présentait mal : moi et les livres on n'était pas très copains. Guillaume aurait mieux fait de rencontrer ma sœur Alicia qui, elle, passait sa vie le nez dans un bouquin.

– Il paraît que j'ai des goûts de vieux ! a dit Guillaume en souriant. J'y peux rien… Je peux pas écouter la soupe commerciale qui passe sur les FM, c'est trop mauvais !

Je lui ai souri de l'air d'être d'accord alors qu'à la maison, justement, cette soupe était notre pain quotidien. À l'époque, je n'avais pas de chanteur préféré ; j'écoutais la radio et je fredonnais les titres qui me plaisaient, sans me prendre la tête. Le seul truc que je ne supportais pas, c'était la mode des lolitas chanteuses dont Jess était raide dingue. Elle en avait des posters plein sa chambre. Ça me tuait. Il y avait aussi les ténors de maman qui me gonflaient un peu, surtout qu'elle les mettait toujours à fond.

Deux hommes en costumes sombres sont entrés dans le bar, puis une femme en tailleur gris les a rejoints. Ils avaient chacun les écouteurs de leur portable à l'oreille. C'était pas du tout la même clientèle que chez Ali qui, à part les lycéens, servait principalement des petits vieux du quartier. J'ai vu que Guillaume les regardait avec une moue amusée.

— Tu les connais ? je lui ai demandé à voix basse.

— Si t'en connais un, tu les connais tous ! Non mais regarde-les, pendus à leur putain de téléphone !

— T'as pas de portable ?

— Oh non ! Très peu pour moi ! Tu sais ce qu'a dit Umberto Eco, à propos des portables ?

Je ne le savais pas, et je ne l'ai jamais su, ni d'ailleurs qui était cet Eco, puisque justement, mon portable s'est mis à sonner. Je me suis sentie rougir jusqu'à la racine des cheveux mais j'ai tout de même décroché. C'était Nat.

— Je tombe pas au mauvais moment, j'espère ?

elle a dit avec une tonne de sous-entendus dans la voix.
— Je suis occupée, là!
— Oh oh… Déjà!
— Je te rappelle.

Et j'ai aussitôt éteint mon portable. Des fois, elle était lourde, Nat. Guillaume m'a souri.
— Je ne t'ai même pas demandé si tu avais des frères, des sœurs…
— Trois sœurs. Et toi?
— Fils unique.
— Tu ne connais pas ton bonheur!
— Toi non plus, je crois…

Je me suis mise à parler de moi, de ma famille, et ça m'a détendue de me retrouver en terrain connu. Depuis notre arrivée dans ce bar, Guillaume avait plus ou moins mené la conversation, ce qui, c'était évident, n'était pas très naturel chez lui. À l'inverse, moi qui n'arrêtais pas de parler d'habitude, je m'étais contentée de réponses de trois mots de moyenne. Je reprenais enfin la main, et j'ai senti que Guillaume était soulagé de devenir celui qui écoute. Il faisait ça très bien d'ailleurs, et il m'a juste interrompue à un moment pour me demander ce que faisait mon père. Ma réponse a eu l'air de le gêner un peu, et quand je lui ai demandé quel métier faisait le sien, il a hésité avant de dire qu'il était dans «les affaires». Bêtement, je n'ai pas pu m'empêcher de lui dire:

– Vous avez de la thune, alors ?

Il a un peu tiqué avant de répondre :

– Oui… Ça pose un problème ?

– Non non ! Pas du tout !

Et je lui ai fait un grand sourire pour désamorcer l'agressivité de la question. C'était une seconde nature chez moi, un héritage familial, cette méfiance vis-à-vis de ce qui touchait de près ou de loin à cette chose qui nous obsédait à force d'en avoir toujours manqué : l'argent. Heureusement, l'arrivée d'autres clients nous a détournés de cette tension, et nous avons continué à discuter tranquillement.

Plus le temps passait, et plus je savais que j'avais envie de revoir Guillaume. Il avait fait le premier pas en m'invitant dans ce bar, et c'était maintenant à moi de lui faire comprendre que j'étais d'accord pour qu'on passe au niveau 2. J'ai regardé ma montre. Il était 17 h 30.

– Il va falloir que j'y aille. Ma mère va me tuer. Elle est à moitié italienne…

Guillaume a souri. On ne savait plus trop quoi se dire, mais je crois qu'on aurait quand même voulu rester encore ensemble, même en silence.

– Tu fais quoi, samedi ? j'ai enfin demandé, le cœur battant soudain plus vite.

– Euh…

– Je sors avec des potes. Tu veux venir avec nous ?

– Euh... D'accord !

Je lui ai marqué mon adresse et mon numéro de portable sur un bout de nappe en papier et je me suis levée. Il m'a raccompagnée à la porte, comme s'il était chez lui, et après deux trois secondes d'hésitation, on s'est penchés pour se faire la bise. Du même côté, si bien qu'on s'est cognés le front.

10

Les choses ne se passaient pas comme mon père les avait imaginées.

Une deuxième nuit d'émeutes – bien que ce mot employé alors par les médias soit un peu excessif au regard des événements qui agitèrent notre ville à cette époque – succéda à la première malgré la présence renforcée de la police. Encore quelques voitures brûlées, arrêts de bus pulvérisés et vitrines brisées. Pour pouvoir vraiment parler d'émeutes, il eût fallu qu'une importante frange de la population déferlât sur le centre-ville. Il ne s'agissait en vérité que d'une minorité de jeunes gens, pour la plupart âgés de douze à seize ans, et qui, de plus, avaient contre eux l'opinion du reste des habitants de la ville, leur cité comprise. Il n'empêche que cela suffit à attirer les caméras et les appareils photo des plus grandes chaînes télé et journaux du pays. Et c'était là ce qui contrariait vraiment mon père ; sa voiture à lui ne risquait pas de brûler, bien à l'abri dans son garage fermé, lui-même à l'intérieur de notre jardin clos et protégé par un système d'alarme des plus sophistiqués. Soudain, la fermeture de l'usine et la grève qui l'accompagnait quittaient les pages saumon du *Figaro* pour la une de tous les grands médias. Je me souviens encore de quelques titres et commentaires : « Le ras-le-bol des laissés-pour-compte – bénéfices et licenciements : le cocktail explosif… » Des raccourcis qui faisaient l'amalgame entre une vraie inquiétude sociale et une délinquance qui n'avait que peu de rapport avec le sort de l'usine, mais qui n'en compliquaient pas moins les manœuvres de mon père et de ses associés. Ils avaient tout prévu sauf que la fermeture de leur usine deviendrait un symbole, un cas d'école, une croisade anti-mondialisation.

La grève, bien sûr, avait aussitôt paralysé les activités de l'usine. Mais cela, en revanche, était prévu, comme d'ailleurs ce que mon père ferait semblant de concéder petit à petit aux syndicalistes alors que le résultat final des négociations était fixé bien à l'avance. C'était un classique : faire croire à la partie adverse qu'elle avait obtenu de haute lutte ce qui lui était acquis avant même le début des négociations.

Personnellement, et bien qu'aux premières loges, j'étais un témoin distrait de ces événements. Ma ville était en ébullition, mon père diabolisé par les journalistes et les syndicats, et moi, je ne pensais qu'à Clara et surtout à la manière d'annoncer à mes parents que je sortais samedi soir.

Faute d'occasion sans doute, je n'étais encore jamais sorti seul le samedi soir. Je n'avais même jamais été coucher chez un copain. Mes samedis soir, je les avais toujours passés à la maison, soit devant une vidéo soit avec un bouquin, et très honnêtement, je n'avais jamais encore éprouvé le besoin de sortir. Je n'étais pas très doué pour les amusements collectifs, et m'étais toujours copieusement ennuyé aux mariages ou aux anniversaires. Le concept de fête m'était très étranger, et, à ce jour, aucune réunion d'amis ou de famille n'avait pu rivaliser avec un bon roman.

Pourtant, cette fois, je ne tenais plus en place et, le vendredi soir, juste après avoir vu l'interview de mon père au journal de 20 heures, profitant donc de son absence, je me décidais enfin à parler à ma mère.

– Je suis invité, demain soir…
– Samedi ?
– Oui. Des copains.
– Pour faire quoi ?
– Je sais pas trop… dîner… enfin sortir, quoi !
– C'est où ?
– Près de chez Damien.
– Damien y sera ?
– Bien sûr.

Maman connaissait et appréciait Damien qui était souvent venu à la maison. Surtout, elle tenait ses parents pour des gens sérieux. Par principe, elle fit tout de même mine d'hésiter un peu.

– Bon d'accord, finit-elle par dire. Tu veux que je t'accompagne ?

– Non, non. Je prendrai le bus.

– Faudra juste nous dire où venir te chercher.

– Euh… Devant chez Damien, à…

– Minuit.

– 2 heures ?

– 1 heure. Tu prendras mon portable, au cas où…

– C'est pas la peine, je…

– Si. Je veux que tu sois joignable.

Et voilà ! Aussi simple que ça. J'avais imaginé ce dialogue des dizaines de fois avant d'oser l'entamer, et me retrouvais tout étonné avec ma permission de minuit (façon de parler) obtenue sans coups férir. Ce fut une grande révélation pour moi : parfois, il suffisait d'oser les demander pour obtenir des choses !

À 19 heures le lendemain, je sonnai à la porte de la maison de Clara. C'est sa reproduction en miniature qui m'ouvrit.

– Salut ! Moi c'est Jessica, mais on dit Jess. C'est toi Guillaume ?

– Euh…Oui !

– Tu sais quoi ? Eh ben tu devrais sortir avec moi, plutôt. Clara et moi, on se ressemble beaucoup, sauf qu'avec moi, t'y gagnes parce que j'ai que huit ans. Ça fait neuf de moins que Clara ! Maintenant, tu dois me prendre que pour une gamine, mais tu verras, quand on sera mariés depuis longtemps, tu seras bien content d'avoir une femme jeune ! Comme le père de Nelly, ma meilleure copine, qui a changé sa vieille femme contre une neuve l'année dernière, eh ben…

– STOP !

La Clara miniature s'est enfin tue en entendant la voix de l'originale :

– Désolée ! m'a dit cette dernière. C'est ma sœur ! J'ai souvent eu envie de la tuer, mais paraît que ça s'fait pas…

Nous nous sommes fait la bise, et Clara, sentant que Jessica voulait intervenir, lui a décoché un redoutable coup de talon dans les tibias. La petite est partie en pleurant après sa mère vers ce qui semblait être la cuisine.

– Entre ! m'a dit Clara. Je suis prête dans deux minutes…

Je suis entré dans le salon-salle à manger alors que Clara disparaissait vers le premier étage. Il régnait dans cette maison une effervescence à laquelle je n'étais pas habitué. Un air de Puccini, tiré de la *Tosca*, je crois, venait de la cuisine alors que la télé du salon diffusait à plein régime un feuilleton américain que je suivais moi-même assez régulièrement à cause de la taille impressionnante des seins artificiels de ses héroïnes. Vautrées sur le canapé, deux autres Clara miniatures (mais plus grande que la première et brunes) étaient en train de se chamailler à propos d'un jeu de société étalé devant elles. L'une des deux avait les écouteurs de son Walkman sur les oreilles, si bien qu'elle braillait comme une poissonnière les noms d'oiseaux qu'elle adressait à sa sœur qui, en plus de la télé et du jeu, lisait un livre de poche. Jessica se lamentait toujours, et le volume de ses jérémiades augmenta brusquement quand elle revint de la cuisine accrochée aux jupes de sa mère qui était elle-même pendue à un téléphone sans fil. La mère de Clara me tendit la main en s'excusant du regard de ne pas pouvoir me parler. Elle était très brune, assez petite et très menue. Clara ne lui ressemblait pas du tout, et je sus trente secondes plus tard qu'elle tenait son teint laiteux et ses cheveux roux de son père, puisque ce dernier fit son entrée dans la maison.

Le visage fermé, les traits tirés, il me jeta un regard dubitatif, ce qui pouvait s'expliquer par le fait que j'étais en train de sautiller sur place en me tenant la cheville droite dans laquelle, avant de repartir vers la cuisine avec sa mère, Jessica m'avait donné un coup de pied rageur. Manquant de peu de me casser la figure, je tendis la main à l'homme que j'avais immédiatement reconnu :

– Bonbon… bonsoir monsieur…

Si je bafouillais un peu, c'était parce que je venais de subir un choc (le deuxième si on compte celui du pied de Jessica contre ma cheville). Quelques jours plus tôt, j'avais vu cet homme aux larges moustaches rousses à la télé, aux informations régionales, et je me souvenais parfaitement de ses derniers mots : « Nous ne sommes que quelques ouvriers, mais croyez-moi, la dictature des actionnaires nous trouvera sur son chemin. On ne peut pas, impunément, annoncer plus de cent millions d'euros de bénéfices et mettre en même temps des milliers de travailleurs au chômage ! »

Le père de la fille dont j'étais amoureux était le meneur des syndicalistes qui venaient d'entamer une grève dans l'usine de mon père. Le rêve.

– Ça va pas ? me demanda la voix de Clara un instant plus tard.

Je repris mes esprits et me rendis compte qu'après m'avoir serré la main, le père de Clara avait poursuivi son chemin.

– Si si !

– On y va ?

Nous sommes sortis, et le contraste entre le silence de la rue et l'agitation de la maison fut saisissant.

– Ouf! a soufflé Clara. Ça fait du bien de sortir de cette maison de fous!

Je me suis abstenu de tout commentaire.

La plupart de mes souvenirs de cette soirée sont assez confus, en contre-jour, ma mémoire éblouie par le fait marquant qui la couronna.

Clara habitait un quartier calme et sombre. Nous avons marché une poignée de minutes pour arriver chez Nathalie, le point de rendez-vous de la bande. Au programme : fast-food et boîte de nuit. Le grand frère de Nathalie et sa fiancée, tous deux majeurs, étaient à la fois nos chauffeurs et nos chaperons. Nathalie, Kevin, Tomtom, Clara et moi-même nous sommes entassés à l'arrière d'une camionnette sur laquelle était écrit *Xavier Girard, artisan plombier*. Notre carrosse pour la soirée. Je me fis la réflexion qu'au moins, il y avait peu de chance pour qu'il se transforme en citrouille à minuit. En radis, peut-être...

Je n'ai rien retenu du dîner sinon que ni Clara ni moi n'y avons prononcé une seule parole. Nous n'avons pas mangé non plus, trop occupés à nous dévorer des yeux en une muette et réciproque déclaration. Le trajet en carrosse m'avait donné mal au cœur, et le vacarme des battements de mon cœur couvrait les voix de notre tablée.

Plus tard dans la soirée, la boîte de nuit fut

pour moi un calvaire. C'était la première fois que je mettais les pieds dans ce type d'établissement, et cette expérience confirma ce que je soupçonnais déjà : je n'étais pas fait pour les boîtes de nuit. J'étais coincé, peut-être ; sans doute même, on me l'avait souvent dit... Quoi qu'il en soit, j'étais incapable de me trémousser avec les autres sur des musiques que mes goûts personnels classaient par défaut dans la catégorie « navrantes ». Danser était au-dessus de mes forces car je ne pouvais pas m'empêcher de penser au ridicule de la situation. C'est précisément ça, être coincé : ne pas savoir se laisser aller même quand on en meurt d'envie.

Alors que Nathalie, Kevin et Tomtom étaient déjà en sueur et déchaînés sous les lumières de la piste, Clara et moi essayions d'échanger quelques mots malgré la musique qui nous vrillait les tympans. Avec le recul, et d'autres expériences dans ce domaine, je pense qu'on doit avoir l'air plus ridicule à tenter de discuter dans une boîte de nuit qu'à y danser, même très mal ! Je parvins tout de même à attraper au passage certaines informations, comme par exemple que la mère de Clara travaillait à mi-temps dans une teinturerie. Entre ces pitoyables et fatigantes tentatives d'échanges verbaux, nous gardions le silence de longues et pénibles minutes. Clara regardait alors les danseurs en marquant le rythme de la tête ou du pied, et dans mon coin, je me maudissais d'être aussi rabat-joie. Une boule se formait dans mon ventre et, avec elle, la certitude que j'étais en train de ruiner mes chances de séduire Clara. Ça ne pouvait pas plus mal commencer mais, à ma décharge, il faut bien dire que le terrain ne m'était vraiment pas favorable. Dans cette boîte de nuit, je jouais à l'extérieur, comme on dit en foot !

– T… sûr q… tu v… p… anser ?
– COMMENT ?
– T'ES SÛR QUE TU VEUX PAS DANSER !
– NON MAIS VAS-Y, TOI…

Clara me prit alors par la main et m'entraîna de force vers le chœur des agités. Elle commença à se déhancher devant moi, et je me sentis bête, seul être immobile au milieu d'une humanité grouillante et ondulante. Je pris donc une bonne inspiration et relevai mes poings serrés devant mon ventre en tentant de donner un vague mouvement de balancier à mes épaules. Je dansais, pour la première fois de ma vie, et sans doute grisé par l'événement, ajoutais à ces premiers « pas » un mouvement de tête digne des chiens en plastique que l'on voit parfois à l'arrière des voitures. Mes maigres efforts ne furent pas vains puisque je vis Clara sourire. Pourtant, au hasard d'un mouvement de foule, mes yeux attrapèrent un instant mon reflet dans un miroir. L'air cool que j'étais persuadé m'être composé m'allait aussi bien qu'un bonnet phrygien à une huître. Me trouvant soudain lamentable, je profitai aussitôt d'un savant 360° bras levés de Clara pour m'éclipser de la piste.

Réfugié sur une banquette dans un coin obscur de l'établissement, je me maudissais de ne pas être capable de m'amuser. Je me sentais misérable, et me pris de haine pour cette boîte, sa musique, ses danseurs, ma ville, mon pays, ma vie.

Un long moment plus tard, et nous étions tous les sept sur le parking de la boîte. Il faisait un froid saisissant, et Tomtom fit circuler un joint. Me disant que quitte à passer pour un trouble-fête, autant le faire bien, je me fis une nouvelle fois remarquer en refusant de partager ce calumet de la paix de fortune.

– T'es pas cool ! me dit alors Kevin.

– Ben non, lui répondis-je non sans une certaine agressivité.

Je vis que Clara souriait, et me mis à espérer de nouveau. Sur ce parking sordide et glacial, avec en fond sonore les basses qui s'échappaient de la charpente en tôle de la discothèque, je la trouvais superbe. Je ressentis alors une formidable envie de la prendre dans mes bras, et par miracle, cinq secondes plus tard, nous étions enlacés. Je ne sais plus comment cela s'était produit, sinon que, bien sûr, c'était Clara qui en avait pris l'initiative. En revanche, je me souviens dans ses moindres milliards de détails du goût de la bouche de Clara et de celui de sa langue sur la mienne. Surtout, sans avoir assez de mots pour la décrire, je perçois encore l'incroyable sensation que cette étreinte éveilla en moi. Celle, pour schématiser, de venir au monde pour la seconde fois.

Nous n'étions plus sur le parking d'une boîte de nuit, mais dans un monde parallèle qui n'appartenait qu'à nous. Il n'y faisait plus ni chaud ni froid, il n'y avait d'odeurs que celles de nos peaux, de sons que ceux, humides, de nos baisers. Le temps s'y écoulait différemment aussi, et les voix et les mouvements des autres ne nous parvenaient plus que déformés et lointains. Ma bouche était trop petite pour embrasser celle de Clara autant que je l'aurais voulu. La mordre eut été plus proche de la vérité de mon ardeur. C'était presque douloureux tant c'était bon. Nos mains parcouraient nos vêtements, en désordre, avec brusquerie, simplement pour être au plus près l'un de l'autre. Clara colla brusquement son bassin au mien et je crus défaillir en le sentant presser mon érection déjà à l'étroit. Nous ne respirions plus que par le souffle de l'autre, et c'est alors… que le téléphone portable de ma mère sonna.

Le décor, les sons et le froid refirent brutalement leur apparition. Détachés l'un de l'autre pour la première fois depuis je ne sais combien de secondes ou de minutes, depuis nos mutuelles renaissances, Clara et moi, hors d'haleine, nous sommes regardés comme si nous ne nous étions jamais vus.

Je sortis enfin le portable de ma poche et décrochai. C'était mon père. Il était 1 heure passée d'une bonne demi-heure, et il venait de réveiller les parents de Damien qui, et pour cause, n'étaient pas au courant de ma sortie avec leur fils qui dormait paisiblement dans sa chambre.

11

Comment est-il possible de continuer à vivre après ça ?

Je suis rentrée vers 2 heures du matin, au radar, la tête dans une autre dimension. Les baisers de Guillaume étaient beaucoup plus efficaces que la meilleure herbe de Tomtom. Je m'y suis prise à cinq fois pour trouver le trou de la serrure avec la clé. L'obscurité et le silence régnaient dans la maison, et j'ai sursauté en distinguant soudain la silhouette de mon père dans la cuisine. Il n'était éclairé que par la lumière orange des lampadaires de la rue, et je ne voyais les traits de son visage que quand il tirait sur sa cigarette et que la cendre rougeoyait. Il y avait cinq canettes de bière vides sur la table de la cuisine.

– Ça va, papa ?
– Et toi ? Tu t'es bien amusée ?
– Euh… ouais ouais.

On était pas très à l'aise, tous les deux, chacun pris en faute par l'autre.

— T'es heureuse ?
— Quoi ?
— Est-ce que tu es heureuse... en général, je veux dire...
— Ben oui ! Pourquoi tu me demandes ça ?
— Parce que j'ai un peu trop bu, je crois...

Il a joué un peu avec la canette vide qu'il tenait à la main puis a baissé les yeux. J'ai dit le premier truc qui m'est passé par la tête :
— Comment ça se passe, la grève ?
— Comme une grève. Y a des moments, maintenant par exemple, où je me demande à quoi ça sert, tout ça... Je m'sens vieux, tu sais...
— Mais non, tu...
— J'ai fait plus de chemin qu'il m'en reste à faire !

Qu'est-ce que je pouvais répondre à ça, putain ? Il était 2 heures du matin, j'étais follement amoureuse, et mon père me sortait la phrase la plus déprimante de la Terre. Il a continué sur le même ton :
— Je croyais être à peu près tiré d'affaire, mais non, tu vois... Jusqu'au bout, on est emmerdé... Jusqu'au bout du bout. C'est pour ça qu'il n'y a plus que vous qui comptiez. Vous quatre ! Si vous, vous êtes heureuses, le reste...

Il a fait le geste de jeter quelque chose par-dessus son épaule pour dire que le reste, il s'en foutait, puis il m'a tendu une main.
— Viens-là... Viens !

Je ne comprenais pas bien ce qu'il voulait mais je me suis approchée. Il s'est écarté de la table de la cuisine et il m'a attirée dans ses bras. Il m'a serrée, mais je n'ai pas réussi à me détendre. J'avais qu'une trouille, c'était qu'il se mette à chialer. Et bon Dieu, j'avais besoin de tout sauf de voir mon père pleurer dans la cuisine à 2 heures du matin. Mais non, en fait il voulait juste un câlin. Malheureusement, ce n'était pas le moment pour moi. Je ne pouvais penser à personne d'autre qu'à Guillaume, et toute l'affection dont j'étais capable lui était maintenant réservée. En d'autres circonstances, je crois que j'aurais adoré me retrouver dans les bras de mon père, même s'il était un peu bourré. Mais ce soir-là, je me suis écartée le plus vite possible en disant que j'étais fatiguée et que j'allais me coucher. Et j'ai laissé mon père dans la cuisine. Seul dans le noir, avec sa détresse et ses bières.

Ce n'est que le lendemain matin que j'ai compris que je n'étais plus la même personne. Le première indice était que tout m'énervait. À côté de ce qui m'était arrivé la veille, de ce baiser avec Guillaume, de ce désir partagé mais à peine entamé, le reste de ce qui faisait ma vie depuis dix-sept ans me paraissait ridicule. J'avais goûté à Guillaume et j'en voulais encore, et toujours. Plus rien d'autre ne comptait pour moi. J'avais d'un coup l'impression que mes sœurs, mes parents, notre maison, rien n'était plus vraiment ma vie. En embrassant Guillaume, en le désirant et en étant désirée de lui, c'était comme si une porte s'était ouverte sur une nouvelle vie, sur ma vie future, d'une certaine façon. Sauf que j'étais encore prisonnière de celle de mes parents, de ses règles, de ses horaires, de ses coutumes, de ce qui m'avait toujours convenu jusque-là mais qui me sortait maintenant par les yeux. J'avais goûté du bout des lèvres à la liberté, mais je n'y avais pas encore complètement droit. J'avais l'impression que ma peau était trop petite pour moi, qu'elle avait rétréci au contact de l'amour, qu'elle était devenue une sorte de camisole de force. Et c'était douloureux. Je me sentais en attente permanente, exaspérée par l'air que je respirais, par le temps qui donnait l'impression de passer moins vite, de se traîner lamentablement.

Quand, à midi, maman nous a demandé de mettre le couvert, j'ai cru que j'allais vomir. J'étais passée à autre chose, cette Clara qui mettait la table en se chamaillant avec ses sœurs n'existait plus ! Il avait suffi d'un baiser pour que je n'en puisse plus de mener cette vie qui n'était pas la mienne, mais bien celle de mes parents. J'étais prête à vivre ma vie suivante, mais je n'en avais pas les moyens.

À table, je n'ai rien pu avaler. Tout me dégoûtait, aussi bien la nourriture que la conversation.

Papa nous a expliqué comment s'organisait la grève, Jess a parlé de son gala de danse, Laura de sa sortie en classe de neige pour les vacances de février, et moi, j'avais l'impression de les regarder à travers la vitre d'un aquarium, sans bien comprendre ce qu'ils disaient, avec juste l'envie de crier pour qu'on me laisse sortir.

Enfin, à 15 h 30, mon portable a sonné. Il n'avait pas quitté ma poche depuis mon réveil, et j'avais dû vérifier un millier de fois s'il était bien allumé ou s'il captait correctement le réseau. Même, deux ou trois fois, je l'avais éteint pour mieux le rallumer. Enfin, il sonnait, et en voyant qu'un numéro inconnu s'affichait sur son petit écran, mon cœur s'est arrêté de battre.

C'était bien Guillaume, et à sa voix un peu rauque, j'ai compris qu'il était exactement dans le même état que moi. Il s'est excusé de ne pas avoir pu appeler plus tôt, et on s'est aussitôt donné rendez-vous pour tout de suite au bois des Alouettes. C'était à dix minutes à pied de chez moi, et je suis sortie de la maison sans même dire à ma mère où j'allais. On n'a pas raccroché, Guillaume et moi, et on s'est parlé pendant l'intégralité du trajet, de plus en plus essoufflés car, chacun de notre côté, on n'arrivait pas à s'empêcher de courir, comme les gosses au bord de la piscine. On a rangé nos téléphones seulement quand on s'est vus sur le chemin du bois.

Et quand Guillaume m'a serrée dans ses bras, j'ai senti le malaise qui me tenaillait depuis le réveil disparaître comme par magie. Voilà, c'était ça que je voulais faire dans la vie. Ça et rien d'autre. Serrer Guillaume dans mes bras et l'embrasser, sans fin.

12

En voiture, il fallait à peu près dix minutes pour revenir de chez Damien. Dix minutes qui ont permis à mon père de laisser exploser sa colère. Je l'entendis à peine, la tête si pleine de ce qui venait de se passer avec Clara qu'il n'y avait plus de place pour les remontrances de mon père. J'entendais juste qu'il était furieux, qu'il avait mieux à faire que de m'attendre dans une voiture à 1 heure du matin, surtout en ce moment où il n'avait vraiment pas besoin de ça, que j'avais menti, qu'on ne pouvait pas me faire confiance. Cette dernière attaque me fit sortir de mes songes, et je lui répondis d'un ton froid et calme :

— En seize ans, tu peux me dire combien de fois j'ai désobéi ? Combien de fois tu as dû élever la voix ? Hein ?… J'ai toujours fait là où on m'a dit de faire, depuis le CP je suis premier en classe, je n'ai jamais rien demandé qui aurait pu vous déplaire, à toi et à maman. Au contraire, quand j'avais envie de quelque chose, je me suis toujours demandé si ça vous plairait ou pas. Et si je pensais que ça ne vous plairait pas, eh bien je m'en passais... Alors voilà : aujourd'hui, j'ai eu une demi-heure de retard et j'ai menti sur l'identité des amis avec qui je suis sorti. Je ne suis pas soûl, je n'ai pas pris de drogue, je n'ai pas brûlé de voitures et je suis là, sain et sauf. Je vous ai dit que je sortais avec Damien pour que vous ne vous inquiétiez pas, et je n'ai pas vu le temps passer parce que je... m'amusais bien. Je suis désolé. Mais j'espère quand même que tu ne comptes pas en faire une affaire d'État. Je peux comprendre que la situation à l'usine te stresse, je ne doute pas qu'il soit compliqué de s'en foutre plein les poches sur le dos de mille quatre cents ouvriers, mais ne compte pas sur moi pour endosser les contrecoups de ta culpabilité.

Mon père en est resté bouche bée, et je n'ai plus jamais entendu parler de cette soirée.

Le lendemain matin, mon père était tout miel. Il ne m'a pas lâché d'une semelle, voulant faire une partie de tennis avec moi, puis une partie d'échecs, me demandant de lui conseiller un livre alors qu'il ne lisait jamais rien d'autre que la presse économique... Bref, il essayait de copiner, alors que je ne rêvais que d'être seul pour pouvoir téléphoner à la fille que j'aimais. Comment aurais-je pu m'intéresser à quoi que ce soit au monde après avoir goûté aux lèvres de Clara ? Ma vie, le monde, étaient plongés dans une pénombre semblable aux miraculeuses secondes de plénitude d'une éclipse solaire.

Quand, peu avant le déjeuner, mon père m'a enfin laissé seul quelques minutes, le téléphone était accaparé par ma mère qui parlait à sa meilleure copine… ce qui pouvait durer des heures. Je pensai à piquer le portable de mon père mais ce dernier était dans son bureau. Bien sûr, je savais où habitait Clara, mais je me voyais mal débarquer sans crier gare, un dimanche, alors que la famille devait être réunie. J'étais dans un tel état de nerfs que j'en avais la nausée. Pour me calmer, je m'enfermai dans ma chambre et décidai de me masturber. Je le fis avec beaucoup plus de culpabilité que de plaisir. C'était comme si, à peine amoureux, je trompais déjà Clara.

Je crois avoir commencé à me masturber à l'âge de treize ans. J'en suis sûr, d'ailleurs ; comment oublier un tel événement ? Un peu par hasard, comme un spéléologue qui tombe sur un nouveau Lascaux alors qu'il pensait explorer une simple grotte de calcaire, j'avais découvert, subjugué, cette incroyable source de plaisir. Et ce fut une révélation. Bien sûr, c'était si facile et si bon que je me masturbais ensuite plusieurs fois par jour, et aussitôt la griserie de la découverte passée, s'était installée la routine, et avec elle, la culpabilité. Des années plus tard, j'avais lu un livre qui décrivait exactement ce que j'avais ressenti en découvrant cette « activité ». Il s'agissait de *Portnoy et son complexe*, de Philip Roth, dans lequel les exploits masturbatoires par ailleurs hilarants du jeune héros étaient méticuleusement et crûment décrits sur plusieurs pages ; un chapitre complet intitulé « La branlette » ! Si seulement j'avais pu lire ce livre à l'âge de quatorze ans ! Il m'aurait montré que je n'étais pas seul au monde à passer mon temps à me tirer sur le « machin » ! Et cela eut été un formidable soulagement. Certes, je n'étais pas assez naïf pour croire que mon sexe allait se décrocher à force de m'énerver dessus ! Je ne redoutais pas non plus de devenir sourd ! Le héros de Roth raconte qu'à l'adolescence il pensait s'être donné le cancer à force de se masturber… Moi, je m'étais assez vite persuadé que j'allais devenir stérile. Pour autant, je ne pouvais pas m'arrêter : ce plaisir était là, si facilement accessible… Surtout, il était à moi, à moi seul ! Et c'était exactement ce que disait Alex Portnoy, le héros du roman de Roth : « Ma bite était tout ce que je pouvais considérer comme vraiment à moi. » Cette phrase m'a frappé par sa justesse, l'un de ces moments magiques qu'offre la littérature quand on découvre avoir ressenti un jour la même chose que le héros du livre. Si seulement j'avais eu cette phrase sous les yeux pendant ma « période branlettes », elle m'aurait débarrassé du poids écrasant de ma culpabilité! Je n'aurais plus été un monstre, un malade, un dangereux pervers, puisqu'à une autre époque, dans un autre pays, un autre jeune homme né de l'expérience d'un grand écrivain, faisait et pensait les mêmes choses que moi. J'aurais appris que la masturbation et son bagage morbide étaient universels; et cela grâce à Philip Roth et quelques autres écrivains de la vérité, mes héros. *Portnoy et son complexe*, ou en tout cas ce passage du livre, devrait être au programme de tous les collèges du monde…

Donc, ce dimanche matin-là, à ma culpabilité habituelle liée à ce plaisir solitaire était venu s'ajouter celle d'un fort sentiment de trahison vis-à-vis de Clara.

Vint ensuite le déjeuner, nouvel écueil entre Clara et moi (je n'avais toujours pas réussi à approcher du téléphone) auquel je me prêtais sans aucun appétit. J'étais assis à table, je faisais les gestes habituels, je portais la nourriture à ma bouche, la mâchais puis l'ingérais, mais tout cela parvenait à mon cerveau troublé comme autant de rites exotiques et incompréhensibles d'une secte inconnue. Obnubilé par mon désir de revoir Clara, de la serrer une nouvelle fois dans mes bras, plus rien d'autre n'avait de sens pour moi.

Enfin, vers 15 h 30, je parvins à piquer le portable de ma mère.

Dix minutes plus tard, je retrouvai Clara dans un bois situé à mi-chemin de nos domiciles.

Nous avons repris là où nous avions été interrompus la nuit précédente. Après une ou deux minutes de baisers en apnée, je fis glisser l'une de mes mains sous le blouson de Clara, son pull, son T-shirt, pour finalement parvenir à toucher la peau si chaude de son ventre. Clara sursauta un peu car mes mains devaient être glaciales. Nos regards se croisèrent, et je lus de l'encouragement dans ses yeux. Lentement, je fis monter ma main jusqu'à ce que le bout de mes doigts touche la couture de son soutien-gorge. C'était à ce jour ma plus grande percée dans le monde de l'érotisme. Quand, un instant plus tard, je sentis sous ma paume la douce raideur d'un mamelon sous le tissu, Clara fut parcourue d'un frisson. La fougue de nos baisers s'en trouva décuplée.

Le bois humide et froid dans lequel nous nous étions retrouvés ne nous incita pourtant pas à poursuivre plus avant nos ébats. Sans doute n'étions-nous pas encore prêts ? En contrepartie, nous avons découvert un autre délicieux plaisir de la vie : celui de marcher en se tenant par la main, un sourire niais aux lèvres. Nous nous aimions, et c'était miraculeux. Une semaine plus tôt, j'étais encore loin de soupçonner à quel point la vie pouvait être belle. Tous les dix pas, nous nous arrêtions pour nous embrasser à pleine bouche, nous moquant bien des passants, des oiseaux, de la boue sous nos pieds, de la pluie qui commençait à tomber, du trou dans la couche d'ozone, des guerres et des famines. Au bout d'un moment, je me fis la réflexion que je n'avais pas encore dit à Clara ce que je ressentais. Je me tournai et ouvris la bouche au moment où justement elle me dit qu'elle m'aimait.

13

Le soir même, j'ai explosé mon forfait téléphonique en passant plus d'une heure sur mon portable avec Nat. Je lui ai tout raconté, et elle n'a rien trouvé de mieux à dire qu'elle était d'accord pour me prêter sa chambre après les cours, vu qu'il n'y avait personne chez elle avant 19 heures.

– Bonjour le romantisme !
– Ben quoi ? Vous allez pas vous regarder dans le blanc des yeux pendant cent sept ans ?
– Ça fait que deux jours, putain !
– Eh ben, c'est parfait ! C'est si tu couches le premier soir que tu passes pour une salope !
– C'est pas drôle, Nat ! Je crois qu'on a besoin de temps…
– De temps pour quoi ?
– Pour apprendre à se connaître !
– Qu'est-ce que t'en as à foutre de savoir quelle est sa couleur préférée ou ce qu'il aime comme groupe ! Surtout que d'après c'que tu

m'dis, il a plutôt l'air d'avoir des goûts de chiotte !
— J'ai jamais dit ça. Il a seulement des goûts différents…
— Meilleurs que pour ses fringues, j'espère…
— Fais pas chier, tu veux ?
— En attendant, pour connaître un mec, y a quand même pas mieux que de le mettre dans son lit, tu peux me croire.
— C'est tellement génial, quand on est ensemble, c'est trop…
— Tu dis ça parce que tu connais pas encore la suite !

C'était pas faux. N'empêche qu'on a fait à notre idée, et que Guillaume et moi, les jours suivants, on a continué à seulement s'embrasser, dès qu'on avait dix secondes de libres. On courait dans les couloirs du lycée entre chaque heure juste pour se serrer dans les bras l'un de l'autre quelques secondes avant de filer vers nos classes. Le soir, on faisait exprès de rater le bus pour passer un peu plus de temps ensemble, et ensuite, on mettait une demi-heure à se séparer, nos deux corps reliés par un élastique invisible… on se quittait, on se reprenait, on se quittait, on se reprenait… La nuit on pensait à l'autre et on souffrait de ne pas être avec lui. C'était merveilleux.

Guillaume m'a fait une cassette de ses chansons préférées, avec la traduction des textes qu'il avait trouvée sur Internet. C'était vraiment pas mon genre mais, à force, j'ai fini par m'habituer, parce que c'était ce qu'aimait Guillaume, bien sûr, mais aussi parce que j'ai découvert que tous ces chanteurs américains parlaient de moi. De moi, de nous, de mes parents… de gens simples qui rêvaient d'une vie meilleure. Surtout, en découvrant ces Dylan et ces Springsteen, j'ai compris que les autres nous prenaient pour des cons. Du coup, je ne pouvais plus écouter les chansons d'amour débiles qui passaient à la radio, et je passais mon temps à m'engueuler avec mes sœurs. Et si c'était pas ça, c'était autre chose, tellement elles me paraissaient stupides, du haut de mon petit nuage.

Guillaume m'a aussi prêté des bouquins. *Cent ans de solitude*, *Les Raisins de la colère* et *L'Œuvre de Dieu la part du Diable.* Que des pavés ; en trois livres, plus de pages que dans toute ma vie ! De quoi retapisser ma chambre. Alicia connaissait et adorait les deux premiers, et elle m'a tout de suite piqué le troisième. De mon côté, j'ai demandé à Guillaume s'il n'avait rien de plus court, pour commencer, et le lendemain, il me donnait le premier livre que j'aie jamais aimé : *Le vieux qui lisait des romans d'amour*. Il fallait vraiment que je sois raide dingue de lui pour me mettre à lire un bouquin !

J'ai voulu aussi lui faire découvrir quelque chose que j'aimais, et ça n'a pas été facile. On aurait dit qu'il avait tout lu, tout vu, et tout entendu. J'ai fini par le coincer grâce aux CD que m'avait gravés Tomtom : *The Chemical Brothers*, *Air*, *Propellerheads* et *Moby*. En films, je suis fan des comédies sentimentales américaines. J'avais peur qu'il se fiche de moi, mais il m'a dit qu'il aimait bien ça, Audrey Hepburn, Cary Grant... Moi, je pensais plutôt à Julia Roberts et Richard Gere, mais je n'ai rien dit. Je lui ai passé ma cassette de *Vous avez un message*, avec Meg Ryan et Tom Hanks, mais quand il me l'a rendue, il m'a expliqué que c'était le remake de *The Shop Around the Corner*, un film en noir et blanc d'un certain Lubitsch, avec James Stewart et une fille dont j'ai oublié le nom. En temps normal, il m'aurait tapé sur les nerfs vu que les intellos, c'était pas trop mon truc. Mais je n'étais pas en temps normal ! J'étais amoureuse, et je trouvais tout ce qu'il disait ou faisait formidable. N'empêche qu'il n'avait vu ni *Roméo + Juliette*, ni *Moulin rouge*, et que je n'étais pas peu fière quand il m'a rendu mes cassettes en me disant que c'était génial.

Pour nous deux, le temps ne passait plus à la même vitesse que pour le reste du monde. Horriblement lentement quand on était séparés, et trop vite lorsqu'on était ensemble. Au final, les jours filaient sans qu'on s'en rende compte, et on s'est retrouvés en un clin d'œil à la veille des vacances de février. Ça nous a fait un choc. Guillaume partait une semaine au ski, et moi,

je restais à la maison. Huit jours sans nous voir !
Impossible. Et pourtant...

Ce soir-là, on a mis près d'une heure à se séparer, et j'ai fini en larmes.

– T'as une adresse e-mail ? m'a demandé Guillaume juste avant de partir.

J'en avais une, depuis peu, grâce à l'ordinateur que mes parents m'avaient offert pour mes dix-sept ans.

14

Sujet : essai
Date : Sam, 15 fev 2002 18 : 50 GMT + 1
De : Guillaume <guihome@clubnet.com>
À : Clara <clara.t@freeweb.fr>

J'ai enfin trouvé une connexion dans un hôtel pas loin de notre chalet. Apparemment, je peux récupérer mes e-mails. J'espère, en tout cas. Si tu réponds à ce message, c'est que ça marche !!!! Tu me manques déjà. ☹☹☹

Sujet : RE-essai
Date : Sam, 15 fev 2002 19 : 06 GMT + 1
De : Clara <clara.t@freeweb.fr>
À : Guillaume <guihome@clubnet.com>

ça marche !!!! j'ai passé la journée à vérifier si j'avais un message. j'ai failli devenir folle ! je sais pas si je vais tenir une semaine. c'est trop dur, sans toi. je t'M !!!!!!!!

Sujet : ski
Date : Dim, 16 fev 2002   12 :22 GMT + 1
De : Guillaume <guihome@clubnet.com>
À : Clara <clara.t@freeweb.fr>

Si seulement j'avais un ordi à la maison ! C'est vraiment galère d'être obligé d'aller à l'hôtel, surtout que ma mère veut toujours savoir où je vais. Je viens seulement d'avoir ton message. Il a neigé toute la nuit et maman voulait absolument skier ce matin. La poudreuse était géniale et il y avait du soleil, mais moi, je ne pensais qu'à toi.

Sujet : dimanche
Date : Dim, 16 fev 2002   15 :30 GMT + 1
De : Clara <clara.t@freeweb.fr>
À : Guillaume <guihome@clubnet.com>

c'est quand même les boules d'être ici (sous la pluie) pendant que toi tu es à la neige. je n'ai jamais compris pourquoi les dimanches passent toujours si lentement. toute la semaine, au lycée, on rêve du week-end, et puis dès le dimanche matin, on s'ennuie à mourir. et je parle même pas d'aujourd'hui avec toi qui es loin !!!! je sens que ces vacances vont être horribles. après manger, mon père est reparti à l'usine pour le piquet de grève, ma mère a fait une sieste et mes sœurs ont regardé la télé. moi, j'avais juste envie de pleurer.

Sujet : RE-dimanche
Date : Dim, 16 fev 2002 18 :11 GMT + 1
De : Guillaume <guihome@clubnet.com>
À : Clara <clara.t@freeweb.fr>

Essaie les bouquins que je t'ai passés ! Ça marche très bien : j'ai toujours un livre à portée de la main et je ne m'ennuie jamais, même le dimanche. Sauf depuis que je te connais… Maintenant, je me surprends à lire des pages entières sans les comprendre. Alors je recommence et puis, au bout d'un moment, mon esprit s'échappe encore vers toi. C'est la première fois de ma vie que je n'arrive plus à lire.
Tu sais, je n'en reviens pas de ce qui nous arrive. Je veux dire que je n'ai jamais connu de fille, ni rien, et je ne croyais pas que c'était pour moi, tout ça… enfin l'amour, quoi. Je ne me croyais pas capable de ressentir des choses aussi fortes que ce que je ressens pour toi…

Et maintenant : un petit jeu pour occuper ton dimanche soir. J'espère trouver les réponses demain matin.

1. si tu étais une couleur, laquelle ?
2. si tu étais un animal ?
3. si tu étais un arbre ?
4. si tu étais un pays ?
5. si tu étais un élément ? (feu, eau, etc…)
À demain. J'espère que je vais rêver de toi.

Sujet : RE RE-dimanche
Date : Dim, 16 fev 2002 23 :50 GMT + 1
De : Clara <clara.t@freeweb.fr>
À : Guillaume <guihome@clubnet.com>

1. le rouge
2. une louve
3. l'olivier
4. l'Italie
5. le feu
et toi ?

Sujet : jeu
Date : Lun, 17 fev 2002 09 :10 GMT + 1
De : Guillaume <guihome@clubnet.com>
À : Clara <clara.t@freeweb.fr>

1. roux, comme tes cheveux.
2. le chat que j'ai aperçu quand je suis venu chez toi, parce que je suis sûr qu'il dort des fois avec toi.
3. celui que tu vois par ta fenêtre quand tu te réveilles chaque matin.
4. la France, parce que c'est le tien.
5. l'air que tu respires.

Sujet : TV
Date : Lun, 17 fev 2002 11 :43 GMT + 1
De : Clara <clara.t@freeweb.fr>
À : Guillaume <guihome@clubnet.com>

---

je vais passer à la télé ! une équipe de France 2 a débarqué ce matin à la maison. ils font un reportage sur la grève. en fait, pas que sur la grève, mais ils veulent prendre l'usine comme exemple pour parler de la nouvelle lutte des classes, comme ils appellent ça. ils vont filmer mon père pour le côté ouvriers, le patron de l'usine pour le côté patrons, et un jeune de la cité. ils veulent filmer pendant plusieurs semaines pour faire un grand reportage. du coup, ils filment aussi les familles et tout. et ce matin, j'ai dû faire semblant de partir au lycée comme tous les jours alors que c'est les vacances ! ils m'ont fait recommencer trois fois parce que j'arrivais pas à ne pas rire.

Sujet : enfin !
Date : Mar, 18 fev 2002 17 :40 GMT + 1
De : Guillaume <guihome@clubnet.com>
À : Clara <clara.t@freeweb.fr>

Désolé de ne pas t'avoir répondu plus tôt. On avait des amis au chalet, et je n'ai pas pu me libérer 5 minutes pour aller à l'hôtel. J'en peux plus de ces vacances. Tout m'énerve. Ma mère, surtout. Au fond, je sais que ce n'est pas elle qui a changé, mais moi. Mais je ne peux pas m'empêcher de trouver agaçant et con tout ce qu'elle dit. Pareil avec nos amis qui ont passé la nuit au chalet. À table, ils parlaient de leur boulot, de leurs enfants, de l'école de leurs enfants, de leur voiture, de leurs vacances d'été, de la cuisine japonaise, de la cuisine vapeur, du dernier film qu'ils ont vu au cinéma, du dernier DVD qu'ils ont acheté, de leur nouveau téléphone portable qui reçoit les e-mails, des soldes, de la médecine par les plantes, de la numérologie, du feng-shui... Moi je les écoutais et je me disais que c'est pas ça la vie, c'est pas tout ça qui compte vraiment. Je me disais que j'étais en train de perdre du temps, et que chaque minute qui passe est une minute de moins à vivre. Depuis que je te connais, je n'ai plus de temps à perdre. Je veux passer chaque minute à tes côtés. Tu me manques. Je t'aime tellement que tout le reste me dégoûte. J'ai envie de t'embrasser, de te toucher, de te serrer contre moi...

Sujet : RE-enfin !
Date : Mar, 18 fev 2002 17 :50 GMT + 1
De : Clara <clara.t@freeweb.fr>
À : Guillaume <guihome@clubnet.com>

J'ai envie de faire l'amour avec toi.

Sujet : Return Mail ; mail Delivery Subsystem
Date : Mar, 18 fev 2002 18:00 GMT + 1
De : <webmaster@freeweb.com>
À : Clara <clara.t@freeweb.fr>

*Nous n'avons pas pu transmettre votre message. Vérifiez l'adresse de votre correspondant, et si le problème persiste, contactez son fournisseur d'accès.
l'équipe freeweb*

Sujet : horreur
Date : Jeu, 21 fev 2002 12:14 GMT + 1
De : Guillaume <guihome@clubnet.com>
À : Clara <clara.t@freeweb.fr>

La connexion de l'hôtel a planté mardi soir. L'horreur ! Ils ont mis 2 jours à réparer !! J'espère que je n'ai pas manqué un de tes messages parce qu'en plus, clubnet a aussi eu des problèmes techniques !!!!!

Sujet : RE-horreur
Date : Jeu, 21 fev 2002 14:00 GMT + 1
De : Clara <clara.t@freeweb.fr>
À : Guillaume <guihome@clubnet.com>

*j'ai cru devenir cinglée sans message pendant deux jours. tout ce que je t'envoyais me revenait aussitôt avec un message d'erreur.
pour me sentir plus proche de toi, j'ai commencé*

un de tes livres : Cent ans de solitude. j'ai jamais rien lu de pareil. pour dire la vérité, j'ai jamais lu grand-chose. c'est gros, mais qu'est-ce que c'est bien ! tu te rends compte que c'est mon deuxième livre en moins d'un mois ? un exploit !!!!
il faut vraiment que je t'aiaiaiaiaiaiaiaiaiaaiaiai aiaiaaiaiaiaiaaiaiaiaiaaiaiaiaaiaiaiaaiaiaiaaiaiaiai aiaiaiaiaiaiaaiaiaiaaiaiaiaaiaiaaiaiaiaaiaiaiaime !

Sujet : demain
Date : Ven, 22 fev 2002 17 :33 GMT + 1
De : Guillaume <guihome@clubnet.com>
À : Clara <clara.t@freeweb.fr>

Demain JE RENTRE ! Il reste une semaine de vacances, et elle ne sera que pour nous.

Sujet : RE-demain
Date : Ven, 22 fev 2002 21 :45 GMT + 1
De : Clara <clara.t@freeweb.fr>
À : Guillaume <guihome@clubnet.com>

t'as regardé les infos ? y a eu de nouvelles émeutes, ici. je suis sûre que c'est à cause du reportage de France 2. les caméras et tout... ils ont refait cramer des bagnoles. mon père dit aussi que ça chauffe à l'usine. ils organisent une grande manif à Paris.
moi, jusqu'à ton retour, je compte les heures, les minutes, les secondes...

Sujet : dimanche
Date : Sam, 23 fev 2002 08 :20 GMT + 1
De : Guillaume <guihome@clubnet.com>
À : Clara <clara.t@freeweb.fr>

Il est temps que je rentre : le mec de l'hôtel commence à en avoir marre de moi. Juste un dernier message avant de partir. J'ai une GRANDE nouvelle ! ☺☺☺ Mon père vient de nous appeler de la maison : demain, lui et ma mère sont invités à déjeuner chez des amis qui habitent assez loin. Ma mère n'avait pas envie mais mon père a insisté. Ils seront absents de la maison une bonne partie de la journée, au moins jusqu'à 18 heures ! Il faut que tu viennes. Je t'appellerai sur ton portable dès qu'ils seront partis. Jure-moi que tu vas venir. Tu ne peux pas ne pas venir…

15

Il était un peu plus de 14 heures quand je suis arrivée chez Guillaume.

Il m'avait téléphoné vers midi mais je n'avais pas pu échapper au déjeuner familial du dimanche. Par contre, j'ai mangé avec un lance-pierre et suis sortie de table comme une voleuse à peine mon dessert avalé. J'aurais voulu prendre une douche avant de partir. Pourquoi une douche alors que j'en avais déjà pris une le matin ? Je n'avais pas osé apporter de réponse à cette question pourtant évidente, et j'avais renoncé à la douche de peur d'éveiller la curiosité de ma famille. Ça n'aurait pas loupé : une de mes sœurs aurait bien trouvé le moyen de demander : « Et pourquoi Clara elle se douche en plein milieu de la journée ? » Et puis une autre, ensuite : « Et pourquoi Clara elle change de culotte ? » Parce que oui, j'avais mis dix bonnes minutes à me décider pour ma culotte bleu pâle plutôt que la jaune. La jaune était nettement plus sexy… trop, justement. Je ne voulais pas passer pour l'experte que je n'étais pas si jamais Guillaume et moi… Et voilà : piégée. J'avais donc bien envisagé dès le matin de coucher avec Guillaume ce dimanche-là ! Bien sûr que je l'avais imaginé, même si j'aurais pu jurer le contraire sans vraiment mentir ! Parfois, c'est compliqué ce qu'on a dans la tête. Surtout quand on est amoureuse.

À 14 heures passées, donc, je suis restée devant la grille quelques secondes avant d'oser sonner. Une grande grille très haute derrière laquelle je pouvais voir un long chemin de graviers bordé d'arbres et, au fond, une magnifique maison. Si belle que je me suis sentie très petite et pas du tout à l'aise. J'ai quand même tendu le doigt vers la sonnette mais la porte s'est ouverte automatiquement avant que j'aie eu le temps d'appuyer. Guillaume m'avait vue, et il courait déjà vers moi sur les graviers.

On s'est enlacés à mi-chemin, et j'en ai oublié ma gêne. Il m'avait tellement manqué pendant ces huit jours de vacances.

Sans se séparer, collés l'un à l'autre au point que c'en était difficile de marcher, on est rentrés dans la maison.

« Putain ! » j'ai aussitôt pensé.

Je n'étais jamais entrée dans une maison pareille. Un vrai musée. Rien que l'entrée était presque aussi grande que chez moi ! Et on aurait pu jouer au tennis dans le salon, au basket dans la salle à manger. Je ne pensais pas avoir visé si juste, au bar américain, quand j'avais demandé à Guillaume si ses parents avaient de la thune. Bon Dieu, j'avais l'impression d'être dans un film en costumes et de venir pour la place de bonne à tout faire ! Sauf que Guillaume était le même qu'avant, que je l'aimais, et qu'il n'arrêtait pas de m'embrasser.

Il y avait un air d'opéra qui passait, mais pas un de ceux que maman écoutait de temps en temps.

– C'est quoi, la musique ? j'ai demandé.
– *Les Pêcheurs de perles*, de Bizet. Tu connais ?
– Non.
– Tu connais *Carmen* ?
– Ben ouais !
– C'est le même compositeur. Là, c'est mon air préféré, celui où le héros se souvient de la première fois où il a vu la femme qu'il aime. Je l'ai passé sans arrêt pendant les vacances, en pensant à toi…

Ça m'a touchée, et on s'est encore embrassés, longuement. J'ai fermé les yeux pour ne plus penser à rien. Pourtant, j'avais comme une boule dans le ventre. C'était bête, mais en voyant la maison si belle de Guillaume, j'avais honte qu'il soit venu chez moi. Ici, tout était beau et élégant. Les murs étaient blancs, il n'y avait pas beaucoup de meubles, et de grands tableaux étaient accrochés un peu partout. Il y avait aussi une immense bibliothèque, avec encore plus de livres qu'au CDI du lycée ! Surtout, ce qui m'a tuée, c'est qu'il y avait une salle de télé. Une pièce avec rien d'autre qu'un grand écran plat et deux canapés ! Chez moi, il y avait plus de meubles que de place, et la plupart énormes et en gros bois marron ; il fallait marcher en crabe pour passer entre la table et le buffet. Aux murs couverts de papier à rayures, à part un tableau montrant un coucher de soleil sur la mer, il n'y avait que des photos de nous : moi et mes sœurs à différents âges, mes parents sur un chameau pendant le voyage en Égypte qu'ils avaient gagné sur RTL, et notre chienne Sylvie qui était morte trois ans plus tôt.

– Ça va ? m'a demandé Guillaume.

– Ouais ouais ! j'ai dit. C'est juste que tu m'as manqué.

Et c'était vrai, même si ce que je ne disais pas à Guillaume, c'était que j'étais en train de penser à mon père et à mon grand-père, et à ce qu'ils auraient dit de sa maison. Une maison de riche, de bourgeois, ce dernier mot étant la plus grande insulte possible pour eux. Dès les premiers jours, j'avais compris que Guillaume était différent de nous, par ses goûts, sa manière de parler, ses habits aussi... mais je ne pensais pas que c'était à ce point-là.

Pour arrêter de penser à ça, j'ai pris Guillaume par la main et je l'ai entraîné vers l'entrée. Mon cœur s'est mis à battre comme un fou quand on a commencé à monter les marches du grand escalier qui menait au premier étage. Je savais que j'étais en train de vivre un moment que je n'oublierais jamais de ma vie, et après lequel je ne serais plus la même. Je le savais, j'en avais peur, mais j'en avais envie. Terriblement.

La chambre de Guillaume était moins impressionnante que le reste de la maison. Même si elle était trois fois plus grande que celle que je partageais avec Laura, elle ressemblait quand même à une chambre d'ado. Par exemple, il y avait des posters aux murs, pas les mêmes que les miens ou que ceux de mes copains, mais quand même des posters. Et c'était rassurant.

Guillaume a refermé la porte et j'ai vu dans son regard qu'il avait aussi peur que moi. On s'est souri et on a même eu ensemble un petit rire nerveux, à la fois de gêne et d'excitation. Ensuite, on a fait chacun un pas dans la direction de l'autre et on s'est embrassés, doucement, lentement. Guillaume a passé une main tremblante sous mon pull et dans son dos, avec les miennes, j'ai attrapé son T-shirt pour le tirer vers le haut. En même temps, et en faisant pas mal de nœuds, on s'est déshabillés du haut. Je n'avais pas mis de soutien-gorge, mais un caraco blanc serré qui s'est retrouvé par terre en moins de deux. J'ai senti comme une décharge électrique quand on s'est de nouveau enlacés, torses nus cette fois. C'était la première fois de ma vie que ma poitrine nue touchait la peau d'un garçon. C'était divin et j'ai senti un grand frisson me courir sur la peau.

– On arrête si tu veux, m'a chuchoté Guillaume d'une voix tremblante.

En réponse, je l'ai attiré vers le lit.

Les détails de ce qui a suivi ne regardent que nos mémoires. On a fait l'amour, et c'était à la fois merveilleux et douloureux. Comme la vie.

16

Mes parents n'en finissaient pas de se préparer à partir.

Je m'étais réveillé vers 7 heures du matin, ce qui n'était pas vraiment dans mes habitudes le dimanche, et à 11 h 50, enfin, mon père a démarré la voiture. Je me suis précipité sur le téléphone mais ma mère est revenue parce qu'elle avait oublié le cadeau pour les Bernier, les gens chez qui ils allaient déjeuner. Jean-Jacques Bernier était le préfet de la région, un « connard », d'après mon père, mais un connard avec lequel il fallait être en bons termes quand on était le propriétaire et directeur de la plus grosse usine du département, et surtout quand on voulait la fermer.

Enfin j'ai entendu mourir le bruit de la voiture sur les graviers et j'ai pu appeler Clara. La première sonnerie n'a pas eu le temps de retentir jusqu'au bout qu'elle décrochait déjà. Cela me fit du bien de constater que je n'étais pas le seul à avoir trouvé la matinée très longue. Pourtant, mon attente n'était pas encore finie puisque Clara ne pouvait pas se libérer avant le déjeuner. Elle devait m'appeler dès qu'elle quittait la maison de ses parents.

Je me retrouvai donc avec au moins deux heures devant moi, sinon plus, et je ne savais pas du tout quoi en faire. Bêtement, j'avais pensé que Clara allait venir immédiatement, oubliant que, même amoureux, nous n'en étions pas moins encore des adolescents vivant chez leurs parents. C'était d'ailleurs un vrai problème, depuis que j'avais embrassé Clara pour la première fois. Moi qui m'étais toujours senti très à mon aise à la maison avec mon père et ma mère, je commençais à sérieusement m'y sentir à l'étroit. Je n'y étais pas maître de mon destin, tout simplement. Mais quel adolescent peut dire en face à ses parents que, cette année, il ne part pas au ski, ou qu'il ne veut pas déjeuner, ni aller au lycée, parce qu'il préfère rester seul avec la fille qu'il aime, parce qu'il ne désire plus rien d'autre au monde que l'embrasser, la toucher, et même lui faire l'amour pour peu qu'on daigne leur accorder un peu d'intimité ?

J'ai donc pris une douche. La troisième de la journée. Même dans l'intimité de mes propres pensées je n'avais pas encore osé me l'avouer, mais je comptais bien faire l'amour avec Clara ce jour-là. Ou plutôt essayer !... Après tout, qui aurait pu dire, encore quelques jours plus tôt que moi, Guillaume Fouconnier, allait aimer et être aimé d'une fille, embrasser et être embrassé, envoyer et recevoir des e-mails d'amour ? Et puis une minute ou deux sous un jet d'eau chaude, ça n'engageait à rien. J'étais paniqué par l'idée que peut-être j'allais avoir l'occasion d'être nu en compagnie d'une fille, et je suis sorti de la douche plus propre, sans doute, que je ne l'avais jamais été. Je me suis regardé dans la glace de la salle de bains. J'ai fixé le regard de mon reflet, longuement, au point que les traits de mon visage finirent par me paraître ceux d'un étranger. Ce visage avec lequel je vivais depuis si longtemps, que j'avais vu changer, dont je connaissais chaque expression, que je savais mettre en valeur en donnant un peu d'intensité à mon regard et en soulevant légèrement mon sourcil droit, à la Bruce Willis. Ce visage qui, depuis ces dernières semaines, menaçait de se couvrir d'immondes boutons comme ceux de tant de mes camarades d'école. L'acné était un problème qui m'avait épargné, jusque-là, mais qui semblait vouloir me tomber dessus au pire moment, celui où justement, pour la première fois de ma vie, il m'était si essentiel de plaire.

J'ai brusquement cessé de me scruter dans la glace et, toujours nu, j'ai traversé le couloir du premier étage en direction de la salle de bains de mes parents. Là, j'ai sorti le rasoir de mon père. Je venais de décider de me débarrasser du duvet ridicule qui fonçait très vaguement le dessus de mes lèvres. Je ne croyais pas du tout à cette légende urbaine qui dit qu'un coup de rasoir suffit à transformer un léger duvet en barbe du capitaine Haddock, mais j'en avais vraiment assez de ces quelques poils disséminés et mous, certes, mais disgracieux. Et puis c'était l'année des premières fois, non ? Le jour, même. Peut-être…

De retour dans ma chambre, j'ai constaté qu'il était 12 h 45. J'étais propre, rasé, parfumé avec l'eau de toilette de mon père, et il ne me restait plus qu'à m'habiller. J'ai bien mis un quart d'heure pour me décider entre un slip et un caleçon. Question confort, je préférais les slips, et de loin. En revanche, le caleçon était d'un bien meilleur effet. J'avais donc le choix entre d'un côté le risque d'avoir l'air d'un gosse avec mes slips kangourou blancs, et de l'autre, celui de passer pour un porc à force de mettre un peu d'ordre à mon entrejambe. Exaspéré par ce choix cornélien, j'ai fini par enfiler un slip en me disant qu'il n'allait rien se passer du tout et que, dans ce cas, autant être à mon aise. Deux secondes plus tard, pris d'une bouffée d'optimisme, j'enlevai mon slip et le remplaçai par un caleçon à motifs cashmeres. Le reste ne me prit que quelques secondes : jean et T-shirt blanc.

À 13 heures, j'étais au salon, le téléphone sans fil à la main. Pour m'occuper l'esprit, je décidai de choisir une musique de fond. J'ai pensé en premier à l'album de Dylan qui passait chez Mady lors de notre première véritable rencontre, puis à la bande originale de *Moulin rouge*, que je m'étais acheté après avoir regardé le film que m'avait prêté Clara. Enfin, je me suis décidé pour l'opéra. Mon père n'aimait que Mozart et Wagner, mais moi, j'avais un faible pour les compositeurs français. Pour m'aider à réfléchir, j'ai mis mon air préféré, « Je crois entendre encore », des *Pêcheurs de perles*, que je m'étais passé en boucle sur mon Discman pendant les vacances. C'est un air que j'avais toujours adoré mais qui avait pris une nouvelle signification avec l'entrée de Clara dans ma vie. Au chalet, j'avais plusieurs fois pleuré dans mon lit en l'écoutant. J'avais lu quelque part, peut-être chez Hemingway mais je n'en suis pas sûr, qu'il fallait avoir ressenti les choses pour pouvoir les exprimer correctement dans un livre. Il fallait avoir des enfants pour pouvoir décrire l'amour d'un père ou d'une mère, il fallait avoir perdu un être cher pour savoir retranscrire le désarroi des hommes face à la mort, et il fallait avoir été amoureux pour bien parler d'amour. De même, je comprenais grâce à Clara qu'en tant que lecteur, auditeur ou spectateur, on recevait les œuvres avec plus de force quand on avait un peu vécu. J'avais toujours été sensible à la beauté de l'air de l'opéra de Bizet, la grâce de la voix du chanteur, mais maintenant que j'étais moi-même amoureux, et que j'avais même été séparé de l'objet de mon désir pendant quelques jours, ce chant d'amour parlait directement à mon cœur et à mon âme ; à travers ses personnages, cet air parlait désormais de moi et de Clara. J'ai mis le volume de la chaîne sur 8, et j'ai senti la chair de poule envahir ma peau aux premières notes de l'introduction si familière. Et j'ai fermé les yeux quand le chanteur a entamé ses premiers mots d'amour. J'avais trouvé la musique idéale pour l'arrivée de Clara, même si je n'étais pas du tout sûr qu'elle l'aimerait. Nous n'avions pas toujours les mêmes goûts, elle et moi. Mais c'était aussi pour ça que je l'aimais, je crois.

La sonnerie du téléphone m'a tellement surpris que j'en ai lâché le combiné. En catastrophe, j'ai baissé la musique et ramassé le téléphone. Clara partait de chez elle.

J'ai passé les vingt minutes suivantes à la guetter par la fenêtre du salon. Et quand enfin je l'ai vue devant la grille, j'ai remis « Je crois entendre encore » au début, et j'ai actionné l'ouverture automatique de la grille.

J'ai vécu les dix minutes suivantes dans un état second. Un mélange de bonheur, de craintes et d'impatience. Je redoutais que la maison déplaise à Clara tant elle était différente de la sienne. J'avais été saisi par le débordement de vie de la maison de ses parents et, par contraste, depuis, la nôtre me semblait terne et morte. Tout y était si bien rangé, les meubles si bien à leur place, les accessoires si bien choisis par maman qui était abonnée à une demi-douzaine de revues de décoration. Ici, il n'y avait pas de place pour l'inattendu, l'improvisation, et encore moins le désordre… ce désordre qui, de toute évidence, au gré des activités de chacun, transformait un peu chaque jour l'intérieur de la famille de Clara, comme la mer dépose à chaque marée sur le sable de nouvelles algues, bois flottés ou détritus, avant de se retirer. Chez Clara, ce qui m'avait étonné aussi, c'était les photos partout sur les murs. Des photos de famille, des photos souvenirs de vacances, d'anniversaires… Des photos joyeuses et qui m'avaient semblé une formidable démonstration d'affection. Si on s'aimait aussi, chez moi, c'était avec discrétion. Et, injustement sans doute, je m'étais pris à penser, à l'époque, que nous nous aimions moins chez moi que chez elle.

J'ai senti alors que tout était en train de se jouer. Comme moi, Clara était pensive, inquiète, indécise, et je crois que si elle ne m'avait pas pris la main à la seconde où elle l'a fait, rien d'autre ne se serait passé ce jour-là. Mais le miracle eut lieu et, très vite, sans que mon cerveau ait eu le temps de classer le déroulement des événements dans le compartiment mémoire, nous étions torses nus l'un contre l'autre dans ma chambre. Du coup, je retrouvai ma lucidité. C'était la première fois que je voyais les seins d'une femme en vrai, autrement que sur le papier glacé des revues érotiques qui étaient cachées sous le dernier tiroir de gauche de mon bureau. Au moment où je commençais à douter d'être prêt pour ce qui se tramait, Clara m'a attiré vers le lit. Nous avons fini de nous déshabiller dans la précipitation, et c'est également ainsi que nous avons fait l'amour pour la première fois.

Je ne crois pas avoir atteint la minute. J'avais bien en tête de ne pas jouir trop vite, mais je n'ai pas su résister aux ordres de mon désir. D'ailleurs, comment aurait-il pu en être autrement, alors que ça faisait seize ans que je me retenais ? Dès cette première fois, j'expérimentai donc cette gymnastique typiquement masculine qui consiste à savoir retenir son plaisir pour qu'il dure plus longtemps ; plus on va vite et plus c'est bon, mais moins c'est bon longtemps !

Mais, une fois de plus, la littérature m'a sauvé. Je savais grâce aux livres que les premières fois des garçons étaient maladroites et rapides, et que jamais la fille n'y trouvait son compte. Les écrivains m'avaient aussi appris que le plaisir était mille fois plus fort quand il était partagé, et dès que Clara revint de la salle de bains, je me lançais dans une lente et méticuleuse exploration de son corps.

Déjà, quelle sensation de liberté, quelle griserie, que d'être simplement nu à côté du corps également dévêtu d'une femme ! Le corps de Clara était à moi, comme le mien était à elle. C'était à vous couper le souffle.

La peau de Clara était très blanche, par endroit agrémentée de taches de rousseur. Ses seins n'étaient ni gros ni petits ; ils me convenaient à merveille et j'aurai pu passer le reste de mes jours à les contempler, à jouer avec eux comme un chaton avec une pelote de laine. Clara ne disait pas un mot, mais je sentais qu'elle commençait à frémir. Elle n'était plus vierge, et je savais qu'elle devait s'en sentir soulagée. Les garçons, eux, la première fois, n'ont pas peur d'avoir mal, mais juste de ne pas être à la hauteur ! Ce cap était passé pour tous les deux, et nous n'avions plus qu'à apprendre à nous donner du plaisir.

Clara était mince et, allongée sur le dos, son ventre était joliment tendu en creux de la cage thoracique au pubis. Là, ses poils étaient d'un roux parfait et formaient un léger buisson qui ne cachait rien des délicats détails du sexe qu'ils abritaient. C'était une merveille, un cadeau du ciel. Les librairies sont pleines d'ouvrages regroupant des photos ou des gravures des trésors de la nature, des livres sur les orchidées, d'autres sur les oiseaux exotiques, d'autres encore sur la flore spécifique des montagnes. Il faudrait publier un livre d'art exclusivement dédié aux sexes féminins. De toutes formes, couleurs et pays… J'ai déposé un baiser sur celui de Clara et l'ai sentie tressaillir.

J'en aurais crié de joie tellement la vie me semblait alors pleine d'infinies promesses.

Quand mes parents rentrèrent vers 18 heures, Clara était partie depuis environ trente minutes. Nous nous étions séparés sans un mot tant notre vocabulaire nous paraissait pauvre en regard de ce que nos corps venaient de se dire mutuellement. J'étais persuadé que ce qui venait de se passer dans ma vie était inscrit sur mon visage. Que, comme le nez au milieu de la figure, devait être consigné sur mes traits que j'étais celui qui venait de faire deux fois l'amour ! Mais non, mes parents ne remarquèrent rien. Seule maman nota au passage, sans vraiment y porter attention, que j'avais mis l'eau de toilette de mon père.

17

Le romantisme n'est vraiment qu'une vue de l'esprit.

J'étais tellement pleine d'émotion et de vie en sortant de chez Guillaume ce dimanche après-midi-là, que j'ai tout de suite téléphoné à Nat. Il fallait que je parle de ce que je venais de vivre, impérativement, et qui mieux qu'une meilleure amie pouvait recevoir ce genre de confidence ? Surtout quand la meilleure amie en question vous encourageait à franchir le pas depuis de longs mois !

Pourtant, après seulement quelques phrases, le ton de Nat a changé. Au début, quand j'ai juste annoncé la nouvelle, elle a poussé un cri de joie :

– Whaou ! C'est pas vrai ! Mais c'est génial !

Et on a gloussé bêtement pendant quelques secondes. Ensuite, Nat m'a demandé des détails, et elle est devenue rapidement silencieuse en écoutant mon récit. J'ai vite compris que toutes les premières fois, et bien sûr celle de Nat, ne se passaient pas comme la mienne. Le premier amant de Nat, et sans doute celui de pas mal de filles, avait dû se contenter du premier galop d'essai, celui qui dure trente secondes chrono et qui n'est intéressant que parce qu'il permet de se débarrasser de cette saleté de virginité. Du coup, mon amour pour Guillaume est monté encore d'un cran, tant je lui étais reconnaissante d'avoir trouvé naturel de prendre le temps de nous faire partager le plaisir. Et je ne crois pas que « partager » soit le bon mot : il faudrait plutôt dire additionner nos plaisirs. En tout cas, j'avais compris à la voix de Nat que même si elle avait déjà eu plusieurs expériences sexuelles, elle était peut-être encore un peu vierge d'une certaine façon ; vierge de plaisir. J'avais fait en une fois avec Guillaume beaucoup plus qu'elle en plusieurs fois avec différents garçons. Et meilleures amies ou pas, Nat m'en voulait. Elle était prête à se réjouir pour moi à la moindre occasion, à très sincèrement être heureuse d'une bonne chose qui m'arrivait, comme un super cadeau à un anniversaire, la nouvelle que je passais dans la classe supérieure… mais pas à ce que j'aie eu un orgasme et pas elle. C'était beaucoup trop important, et sans doute beaucoup trop frustrant pour que l'amitié y résiste. Et après un moment, d'une voix dans laquelle il y avait un peu de méchanceté, elle m'a demandé :

– Vous avez mis une capote, au moins ?

Ça m'a fait comme un coup de poing dans le ventre, et je suis aussitôt tombée de mon petit nuage. Non, Guillaume et moi, on n'avait pas pensé à ça. Guillaume n'était pas du genre à avoir une capote sur lui, au cas où, et moi, j'avais complètement perdu la tête, bien sûr. Alors ce qu'on nous rabâchait à longueur d'année, de pub, de tracts, m'est revenu d'un coup et m'a complètement gâché mon plaisir.

– Euh… Non mais c'était notre première fois à tous les deux !

Et là, mauvaise, Nat m'a porté le coup final :

– Y a pas qu'le sida dans la vie, y a aussi les bébés !

J'ai passé une nuit atroce. Impossible de trouver le sommeil. Plus les minutes passaient en se traînant, et plus je me persuadais que non seulement j'avais le sida, mais qu'en plus j'étais enceinte. J'aurais voulu parler à Guillaume, lui téléphoner, mais ce crétin n'avait pas de portable, avec ses putains de principes (ma première mauvaise pensée vis-à-vis de Guillaume). J'ai fini par m'endormir, et je me suis réveillée en sursaut à 5 heures du matin. Je venais de rêver que j'accouchais en secret dans la cave de la maison, et le bébé ne venait pas alors que j'entendais ses pleurs qui sortaient de mon ventre.

Quand enfin le jour s'est levé, j'étais décidée à prendre la pilule du lendemain. Comme on était en vacances, je ne pouvais pas aller voir l'infirmière du lycée. Il me restait donc la pharmacie.

Dans notre quartier, il y avait celle de Mme Poitevin, mais c'était là que maman allait depuis toujours. Il était hors de question de demander la pilule à une femme qui avait vendu à ma mère mes couches de nourrisson, mon lait de croissance, mes vaccins ! Surtout, telle que je connaissais le personnage, le soir même, ma famille au grand complet aurait été au courant que j'avais couché avec un garçon. Comme en plus d'être en vacances, on était lundi, l'autre pharmacie que je connaissais au centre-ville était fermée. J'ai donc pris le bus pour aller au plateau Saint-Jean. Sept arrêts, trente-cinq minutes ! Enfin, je suis rentrée dans une pharmacie. Il y avait un comptoir avec trois postes d'accueil. Le premier était tenu par une vieille à l'air sévère, le deuxième par une jolie jeune femme de moins de vingt-cinq ans, et le troisième par un apprenti pharmacien, un garçon d'à peine vingt ans et beau comme un camion. Le Brad Pitt des pharmaciens ! Il y avait quatre personnes qui attendaient leur tour, et une seule queue pour les trois guichets. Je priais intérieurement pour que mon tour tombe sur la jeune femme à l'air si sympathique et compréhensif. Au lieu de quoi, bien sûr, c'est Brad Pitt qui m'a fait signe de m'avancer.

– Vous désirez ? il m'a dit en souriant.

– Euh… Une pilule… pour la gorge. J'ai la gorge qui pique, depuis ce matin…

Quand je suis sortie de la pharmacie avec ma boîte de pastilles pour la gorge, je me serais bien foutu des coups de pied au cul si j'avais été plus souple. Je me sentais lamentable, minable, et surtout, je sentais le bébé imaginaire que j'avais dans le ventre grossir comme un ballon de baudruche.

Il y avait une deuxième pharmacie, au plateau Saint-Jean. J'y suis rentrée la tête basse, décidée à m'adresser au pharmacien sans même le regarder. La queue était plus longue que la première fois, et j'ai dû attendre dix bonnes minutes. Quand enfin mon tour est venu, il y avait une dizaine de personnes derrière moi, surtout des vieux. Cette fois, le pharmacien était un homme de l'âge de mon père, et je me suis aussitôt demandé s'il avait une fille de mon âge.

– Vous désirez, mademoiselle ?
– Heu… je voudrais la pilule du lendemain…
– Pardon ?
– Je voudrais une pilule du lendemain, s'il vous plaît.
– Ah ! La pilule du lendemain ! il s'est mis à gueuler à haute voix.

Je l'aurais tué. Pourquoi ne prenait-il pas un porte-voix, pendant qu'il y était, pour hurler à la face de toutes les petites vieilles et les petits vieux de la boutique que « HIER LA DEMOISELLE A COUCHÉ AVEC UN GARÇON ! » ?

Alors que je sentais sur moi tous les regards fripés des vieilles peaux qui faisaient la queue dans mon dos, le pharmacien est revenu avec ce que je lui avais demandé. Je n'avais qu'une envie : prendre mon paquet et me barrer. Sauf qu'il a voulu tout m'expliquer bien comme il faut. Un enfer. Je suis ressortie, j'ai pris ma pilule, mon bus, et je suis rentrée chez moi. Minée et furieuse contre Guillaume.

Un e-mail m'attendait dans mon ordinateur :

Sujet : désolé
Date : Lun, 25 fev 2002 11 :09 GMT + 1
De : Guillaume <guihome@clubnet.com>
À : Clara <clara.t@freeweb.fr>

Je n'ai pas pensé à mettre un préservatif, hier. Je suis vraiment désolé, c'est inexcusable. Je n'avais rien prévu de ce qui s'est passé entre nous, et de toute façon, je n'en ai pas à la maison ! Ça ne se reproduira plus.
Hier, tu as fait de moi le plus heureux des hommes. C'était merveilleux, au-delà des mots. Je t'aime, et je t'aimerai toujours…

Qui a dit que le romantisme n'était qu'une vue de l'esprit ?

18

Pendant nos vacances à la montagne, mon père nous avait parlé au téléphone du reportage de France 2. La journaliste lui inspirait confiance, et il pensait qu'elle allait réaliser un travail impartial. Mon père voyait donc là un moyen de faire passer ses idées et de se débarrasser de l'étiquette de « salopard » que tout le monde lui collait depuis l'annonce de la fermeture de l'usine. Il avait déjà été interviewé de long en large, dans son bureau de l'usine, à la maison, dans sa voiture, et la journaliste voulait maintenant prendre des images de lui en famille, comme elle l'avait fait pour la famille de Clara.

Pour dire la vérité, cette histoire de reportage télé commençait à sérieusement m'angoisser. Je savais qu'un jour, il me faudrait dire la vérité sur la profession de mon père. Je le savais, mais je repoussais toujours le moment de parler à Clara car j'avais peur de la perdre. À notre retour de vacances, le samedi soir, mon père nous avait dit qu'il n'avait pas pu accéder à son bureau de l'usine, la veille, contraint à faire demi-tour sous une pluie d'œufs et de crachats. Je me voyais mal révéler d'un coup à Clara que l'homme que son père et ses amis détestaient au point de lui cracher à la figure n'était autre que mon père ! Et pourtant… je ne pouvais pas laisser France 2 faire cette révélation à ma place ! Car j'allais apparaître dans ce reportage (même si j'avais essayé en vain de me soustraire au tournage), la maison que Clara connaissait allait y tenir un rôle… La journaliste nous avait dit qu'elle arrêterait le tournage le jour de la grande manifestation à Paris ; à la fin de cette semaine-là, donc. Il lui fallait ensuite huit bons jours de montage avant la diffusion, ce qui m'en laissait à peu près quinze pour révéler mon identité à celle que j'aimais.

L'équipe de tournage arriva en milieu de matinée. La journaliste était jeune et jolie. Elle était accompagnée d'un cameraman obèse et barbu, et d'un preneur de son qui n'arrêtait pas de bougonner dans son coin.

Ils nous ont fait prendre un deuxième petit déjeuner, avec en fond sonore les sonates de Schubert. Le cameraman a dit qu'il réglait la balance des blancs pour donner une impression de petit matin, mais qu'il faudrait encore corriger au montage. Nous nous sommes donc mis à tremper nos tartines comme si nous étions affamés, et mon père, avec un air faussement naturel à pleurer de rire, a fait semblant de prendre des nouvelles de mon travail au lycée. C'était pathétique.

Ensuite, nous avons fait un tour dans le jardin, puis mon père a fait semblant de m'accompagner au lycée en voiture (« Dépêche-toi, Guillaume, tu vas être en retard ! » m'a-t-il dit en s'y reprenant à trois fois devant la caméra) et ma mère de sortir faire les courses. Ils ont même filmé l'arrivée de Saloua, la femme de ménage. Ensuite, il a fallu que nous fassions semblant de regarder le journal de 20 heures à la télé. Il était juste un peu plus de 11 heures du matin, mais la journaliste avait amené une cassette. Il y a eu un petit problème technique et nous avons dû attendre en compagnie de la journaliste que le preneur de son ait réparé le micro. C'est alors que ma mère m'a regardé et m'a dit :

– Tiens ! Tu te rases, toi, maintenant ?

Je me suis senti rougir et j'ai jeté un coup d'œil vers la journaliste qui a eu la gentillesse de ne pas sourire.

– Ben oui ! j'ai répondu en haussant les épaules, comme si je m'étais toujours rasé.

J'avais envie de lui crier que oui, je me rasais, et que je faisais l'amour, aussi. Elle était comme ça, ma mère, embarrassante. Je me souviens d'une fois, je devais avoir douze ans, et je participais à un tournoi de tennis. J'étais encore non classé, à l'époque, et je jouais contre un 30, je crois, un adulte. J'ai gagné, en deux sets, 6/3 7/5. Je devais rejouer l'après-midi, et à la fin du match, je suis sorti du cours avec mon adversaire en essayant de prendre un air blasé et viril, comme il se doit. C'est alors que ma mère s'est approchée de nous et m'a dit : « N'oublie pas de changer de slip. » Voilà. La phrase qui tue. Mon personnage de futur vainqueur de Roland-Garros s'était effondré sur lui-même pour laisser la place à celui du gamin que sa mère surveille pour qu'il n'ait pas l'entrejambe irrité. Il n'y a qu'une mère pour se comporter ainsi !

Enfin, en râlant, le preneur de son nous a dit qu'on pouvait y aller. La journaliste a mis sa cassette et a demandé à mon père de réagir aux informations le plus naturellement possible, comme si la caméra n'était pas là.

C'était un reportage de trois minutes sur l'usine, et mon cœur s'est mis à battre plus vite quand j'ai vu le père de Clara apparaître à l'image.

– C'est Tregali, a dit mon père à ma mère, effectivement comme si la caméra n'était pas là. Un très bon ouvrier. Son père était déjà à l'usine du temps de papa.

Le père de Clara fit à l'image une déclaration dont j'ai oublié le détail mais qui a fait réagir mon père avec un calme qui, lui, n'avait rien de naturel.

– Non. C'est faux. Ces chiffres sont faux ! Je ne comprendrai jamais pourquoi les syndicats mentent ainsi aux ouvriers !

En temps normal, c'est-à-dire sans l'équipe télé, mon père aurait dit :

– Fumier de syndicaliste… ça ment comme ça respire !

Juste au moment où la journaliste nous a dit qu'elle en avait fini avec nous, le téléphone sonna. Ce fut ma mère qui répondit, et qui me lança :

– François-Guillaume, c'est pour toi. Une fille…

Bon Dieu ! Était-elle vraiment obligée de rajouter « une fille » en roulant des yeux ?

C'était Clara et, en entendant sa voix, ma détermination à lui révéler au plus vite qui était vraiment mon père se raffermit d'un coup. Le plus tôt serait le mieux, et cet après-midi serait parfait, puisqu'elle m'invitait à passer chez elle.

Depuis le fameux dimanche, nous nous étions revus, mais n'avions pas refait l'amour. Ce n'était pas l'envie qui nous en manquait, mais le lieu. Ma mère était de nouveau presque tout le temps à la maison, quand elle s'absentait, il y avait Saloua, la maison de Clara était un vrai hall de gare, et nous nous refusions tous deux à accepter l'invitation de Nathalie à faire un cinq à sept dans sa chambre. Ce problème matériel rendait les choses un peu sordides : nous avions besoin d'un local pour faire l'amour. On faisait plus romantique !

Nous nous contentions donc de nous embrasser et de nous peloter, tels les vulgaires adolescents que nous étions redevenus. Ce dimanche de notre première fois n'avait-il été qu'une brève incursion dans le monde des adultes ?

L'après-midi du tournage, je me rendis chez Clara et tombais sur la bande au grand complet. Au premier regard qu'ils me lancèrent, je compris qu'ils savaient pour nous deux. J'avais déjà revu Nathalie, depuis, et j'avais donc eu le temps de m'habituer à cette nouvelle familiarité qui était née entre nous de celle que j'entretenais avec sa meilleure amie. Clara m'avait dit qu'elles étaient restées en froid une demi-journée, après l'annonce officielle de notre amour, mais que tout était rentré dans l'ordre. En revanche, j'eus du mal à supporter que Kevin vienne me taper dans le dos. Il se comportait maintenant comme si nous étions des frères de sang, et je soupçonnais que, depuis dimanche, il m'estimait fréquentable parce que j'avais rejoint je ne sais quel club de « ceux qui l'avaient fait ». Ce type était vraiment un imbécile, et pour rien au monde je n'aurais voulu de son amitié. Pour sa part, Julie fut amicale, comme toujours, et deux des sœurs de Clara me regardèrent avec une curiosité qui m'indiqua qu'elles ne savaient rien mais se doutaient sans doute.

C'est Tomtom qui me subjugua. D'abord, depuis mon arrivée, il fuyait mon regard, et j'en conclus aussitôt qu'il savait que j'étais en train de vivre une aventure avec la fille qu'il aimait. Ensuite, alors que j'étais seul dans la cuisine en train de me servir un Coca, il m'y rejoint et me dit :

— Jeje vouvou… je voudrais tete dire un mot.

Il était nerveux, triste aussi, et j'avais autant envie de l'écouter que de me mettre la tête dans le four.

— C'est à propos de Clara…

— Clara ? j'ai répondu, méfiant et vaguement agressif.

— Jeje… jeje…

Il prit une bonne inspiration et parvint à ne plus bégayer :

— Je voudrais que tu fasses attention à elle.

Ça m'a tellement surpris que je me suis retrouvé à court de mots. Tomtom a continué, prenant sur lui pour parler lentement et distinctement :

— C'est une fille super, et elle mérite d'être heureuse… Alors prends bien soin d'elle.

Et il est sorti de la cuisine, me laissant bouche bée en train de verser la moitié de mon Coca à côté du verre.

Quand je revins dans la salle à manger, de larges morceaux de draps blancs étaient étendus sur la table, près desquels se trouvaient des bombes de peinture et des marqueurs. Clara avait un bloc-notes à la main, et elle m'expliqua enfin de quoi il retournait :

– On file un coup de main pour la manif de samedi ! On cherche des slogans pour les banderoles. Tu nous aides ?

– On cherche des rimes en « er », m'a précisé Kevin, pour aller avec Fouconnier, le nom du patron. Pour l'instant, on a juste enculé !

J'ai pris une bonne inspiration pour essayer de cacher ma stupeur.

– Euh… C'est une manif à Paris, devant le ministère… Vous croyez pas qu'il vaudrait mieux des slogans un peu plus… un peu moins… locaux ? À Paris, ils savent pas qui c'est, le patron de l'usine ! Il vaudrait mieux parler du patronat en général, de la lutte ouvrière, de la mondialisation…

Et alors que j'aurais dû dire immédiatement à Clara qu'il fallait que je lui parle, je me suis assis autour de la table pour les aider à faire rimer patronat avec prolétariat.

Les parents de Clara sont rentrés un peu plus tard, et j'ai immédiatement senti que ma présence ne leur était pas indifférente. J'étais celui qui tournait autour de leur fille, qu'ils avaient croisé plusieurs fois chez eux ces dernières semaines, et qui, en plus, faisait des manières. Car de la tablée, comme un idiot, je suis le seul à m'être levé pour les saluer ! Ils m'ont dit bonjour aimablement, mais avec cette gêne finalement si naturelle qui ne disparaît jamais complètement entre beaux-parents et gendre. Le père de Clara, surtout, me regardait de travers. J'étais celui qui essayait de lui voler sa fille, sa petite chérie qu'il avait vue grandir, qu'il avait fait sauter sur ses genoux, à qui il avait appris à marcher, à parler, à devenir ce qu'elle était devenue.

Quand, une heure plus tard, la bande s'est disloquée, nous avons été faire un tour du côté de l'usine, Clara et moi. Il serait plus juste de dire que nous sommes allés faire un tour pour être seuls, et que nos pas nous ont guidés par hasard vers l'usine. De grandes banderoles rouges en barraient l'entrée, des ouvriers étaient réunis autour de bidons dans lesquels brûlaient des feux ardents, des CRS surveillaient la scène depuis les fenêtres grillagées de leur car. J'ai aperçu l'équipe de tournage qui interviewait des grévistes, et j'ai croisé le regard de la journaliste. Elle m'a souri, puis a regardé Clara que je tenais par la taille.

Nous avons poursuivi notre chemin, main dans la main. Nos mondes s'embrasaient mais nous n'avions d'yeux que l'un pour l'autre. Il y avait de la magie dans l'air, et je me suis dit que c'était le moment idéal pour dire la vérité. Mais quand j'ai tourné mon visage vers le sien, Clara s'est hissée sur la pointe des pieds pour m'embrasser. Alors je me suis tu.

19

C'est le jour de la manif que Guillaume m'a dit pour son père. J'avais réussi à le convaincre de venir avec nous. Difficilement, je n'avais pas compris pourquoi, à l'époque. Mais comment deviner ?

Il n'aurait pas pu choisir un pire moment. On était des milliers, à chanter, à crier, à taper sur des casseroles. On était exaltés, solidaires, remontés comme des pendules. Pour la première fois, je comprenais ce que m'avait si souvent raconté mon grand-père, ces histoires de fierté d'appartenir à la classe ouvrière, d'appartenir à une grande famille. Tout ce qu'il regrettait tant, mais qui reprenait vie dans les rues de Paris, même si c'était seulement pour quelques heures. Et c'est là que Guillaume m'a pris par le bras pour me tirer à part.

– Faut que j'te parle !
– Maintenant ?
– Oui. Je peux plus attendre…

J'ai vu dans ses yeux que c'était sérieux. S'il avait été la fille et moi le garçon, j'aurai pu craindre qu'il m'annonce qu'il était enceinte ! On s'est un peu laissés distancer par le cortège et il m'a dit :
— Tu sais : mon père...
— Quoi ton père ?
— Je t'ai dit qu'il était dans les affaires !
— Ouais, et alors ?
— Alors en fait, c'est lui le patron de l'usine. Mon nom, c'est Fouconnier.

Il était tellement blanc que j'ai cru qu'il allait s'évanouir. Moi, j'ai senti que mes jambes étaient sur le point de me lâcher. Pas une seconde j'ai pensé que c'était une blague. J'ai pris ça au sérieux immédiatement, comme un coup de batte de base-ball sur la nuque. J'ai regardé Guillaume dans les yeux et je suis partie en courant. Quand j'ai rejoint le cortège, des larmes coulaient sur mes joues. J'ai reniflé un bon coup et je me suis remise à chanter avec les autres, encore plus fort qu'avant.

La manif s'est arrêtée vers 17 heures, et mon père et ses collègues étaient contents dans le bus qui nous ramenait chez nous. Il y avait eu beaucoup de monde, pas seulement des métallos de la région, et surtout quelques vedettes de la politique qui avaient voulu afficher leur solidarité avec notre combat. Mon père avait été interrogé par toutes les grandes chaînes de télé et tous les grands journaux. Il devenait une vraie vedette et à la maison, depuis quelque temps, maman découpait les articles qui parlaient de lui pour les ranger dans un classeur.

Moi, assise au fond du bus, je ne disais rien et j'essayais de comprendre ce qu'impliquait la révélation de Guillaume.

Ma colère était passée, et je comprenais ce qui avait poussé Guillaume à me mentir, ou plutôt à ne rien me dire : la peur. La peur de me perdre, ce qui voulait dire qu'il m'aimait, ce dont j'étais certaine depuis le premier jour. Je tournais la nouvelle dans ma tête, et elle me ramenait sans arrêt à mes parents. Quand le bus est arrivé chez nous, j'avais compris que l'identité du père de Guillaume ne me posait pas de problème à moi, mais allait en poser à mes parents. C'était peut-être égoïste de ma part, mais je m'en foutais que le père du garçon que j'aimais soit justement la personne qui mettait mon père au chômage. Il aurait pu aussi bien être tueur en série : je ne l'aimais pas lui, mais son fils ! Et Guillaume était quelqu'un de bien, quel que soit son père, et même s'il était bourré de pognon. C'était ma vie, mon bonheur, pas ceux de mes parents ou de ceux de Guillaume.

J'étais sûre de tout ça, et pourtant j'avais peur. Je savais, instinctivement, qu'on courait vers les ennuis.

Il faisait déjà nuit quand on est arrivés à la maison, et j'ai juste dit à maman qu'il fallait que je sorte, que je ne rentrerai pas tard. J'ai même pas écouté sa réponse et je suis sortie en courant. Mon portable s'est mis à sonner au bout d'à peine une minute. *Maison* était écrit sur son petit écran, et je l'ai coupé sans répondre. Je n'étais là pour personne : « Laisse un message après le bip sonore, maman. »

J'étais en larmes quand je suis arrivée devant chez Guillaume. Je ne l'avais pas revu depuis que j'étais partie en courant juste après qu'il m'avait dit pour son père. J'avais peur, une peur panique qu'il soit trop tard, d'avoir tout gâché, que notre histoire soit déjà finie. J'avais du mal à respirer.

J'ai sonné. Il devait être 20 heures, ou quelque chose comme ça. C'est sa mère qui a répondu à l'interphone, et j'ai dit d'une voix un peu tremblante que je voulais parler à Guillaume. La grille s'est ouverte et je me suis avancée. Guillaume est sorti presque tout de suite et m'a rejointe devant la maison, sur l'allée de graviers.

On s'est regardés sans rien dire pendant quelques secondes, et j'avais l'impression que ma vie, notre vie, était en train de se jouer, là, à cet instant précis. Guillaume avait mauvaise mine, et je me suis rendu compte qu'il avait dû passer des heures horribles depuis la dernière fois qu'on s'était parlés.

Je lui ai souri, un peu faux je crois, et puis je me suis lancée :

– J'ai bien réfléchi. Je m'en fous de ton père… Je m'en fous de mon père aussi, de ma mère, et de tout le monde. C'est pas ta faute si l'usine ferme, si des ouvriers vont se retrouver au chômage. C'est pas ma faute non plus, et je vois pas pourquoi ça devrait gâcher ma vie. La seule chose qui compte, c'est toi. C'est toi et moi. Je t'aime. C'est ce qui m'est arrivé de plus important dans ma vie, et c'est pas nos parents qui vont tout faire rater…

Guillaume n'avait encore pas dit un mot, ni souri ni rien. J'ai avalé la boule que j'avais dans la gorge et j'ai vu qu'il frissonnait. Enfin, il s'est avancé et m'a serrée dans ses bras. On s'est embrassés et le goût salé de nos larmes s'est mêlé à celui de nos salives.

Ensuite, on s'est assis sur les marches du perron et on a parlé pour bien se répéter qu'on s'en foutait de tout sauf de nous deux. Que le monde pouvait bien s'écrouler. Guillaume m'a demandé pardon de m'avoir menti, et moi d'être partie en courant sans un mot. Il avait cru que mon silence était une rupture, et il avait pris le train seul, comme un automate, sans même penser à acheter un billet si bien qu'il avait dû payer une amende aux contrôleurs. Ça nous a fait rire et la mère de Guillaume est sortie de la maison à ce moment-là.

– François-Guillaume. Il fait froid, vous devriez rentrer, tous les deux. Vous seriez mieux au chaud pour vous parler.

Dans d'autres circonstances, j'aurais pas hésité à vanner Guillaume pour son prénom de bourge, mais j'avais vraiment pas la tête à ça. Sa mère avait parlé avec une voix douce, presque timide. C'était la première fois que je la voyais, et elle était très belle. Sans doute quoi qu'elle fasse, quoi qu'elle dise et quoi qu'elle porte. Très classe mais sans chichi. Ça m'a impressionnée.

Je lui ai souri timidement quand on est rentrés dans la maison et elle m'a dit « Enchantée, mademoiselle ». J'ai répondu « B'soir m'dame », et je me suis sentie nulle à côté d'elle.

– Ton père est dans son bureau. Allez dans ta chambre, vous serez plus tranquilles.

Guillaume a fait oui en souriant et sa mère lui a passé la main sur les cheveux, une caresse sur la nuque. J'en aurais chialé tellement c'était un geste simple et gentil. Elle avait compris qu'il se passait quelque chose d'important pour son fils. À sa place, ma mère m'aurait gueulé dessus parce qu'il était tard et que le dîner était prêt. Pas qu'elle m'aime pas autant que la mère de Guillaume, mais parce qu'elle était du genre à crier quand il se passait un événement qu'elle ne comprenait pas, ou quand elle était inquiète, par réflexe, juste par peur qu'il nous arrive quelque chose de mal.

Dans la chambre, comme on s'était déjà tout dit devant la maison, on s'est immédiatement enlacés. Et on a fait l'amour sans faire de bruit, en chuchotant, avec des gestes les plus petits possibles pour pas faire grincer le lit. La présence des parents de Guillaume dans la maison était à la fois gênante et amusante. Excitante.

C'est un merveilleux souvenir.

Quand on est redescendus, une demi-heure plus tard, on était affreusement gênés. On aurait encore été nus que ça aurait été pareil. Comment la mère de Guillaume aurait-elle pu ne pas savoir ce qu'on venait de faire ? Heureusement, son mari était toujours enfermé dans son bureau, au téléphone ou je sais pas quoi.

– Je vais vous raccompagner, elle a dit.

– Non, non madame, faut pas vous déranger !

– Il est tard. Je serais votre mère, je ne voudrais pas vous savoir dehors…

Dans la voiture, personne n'a dit un mot. J'étais montée devant, et Guillaume était assis derrière. J'ai juste ouvert la bouche deux fois pour indiquer le chemin de ma maison.

Quand enfin on est arrivés, j'ai dit merci.

– Je ne connais même pas votre prénom ! m'a dit la mère de Guillaume.

– Clara.

Elle m'a souri et m'a tendu la main.

– Alors à bientôt, Clara.

Son sourire était beau et chaud, et j'ai eu envie de lui faire la bise avant de sortir de la voiture. Je l'ai pas fait, bien sûr.

Guillaume était déjà sorti et on s'est dit au revoir sans oser vraiment nous enlacer devant sa mère. On s'est juste embrassés sur les deux joues, ce qui nous a fait rire. La lumière extérieure de ma maison s'est allumée. Ma mère devait être morte d'inquiétude et ça allait être ma fête.

20

Le reportage de France 2 est passé deux semaines après la manifestation de Paris, un jeudi soir. Mon père, ma mère et moi nous sommes installés dans la salle télé avec dix bonnes minutes d'avance pour être sûrs de ne rien manquer. Je n'en menais pas large car je savais que Clara allait apparaître à l'écran et que, donc, ma mère allait la reconnaître. Ce soir-là, elle avait été parfaite. Étonnante, même. D'une discrétion et d'une délicatesse avec Clara qui m'avait impressionné et touché. Quand nous étions revenus tous les deux dans la voiture après avoir déposé Clara, elle m'avait juste souri et m'avait dit « Mon grand garçon… mon petit homme ». J'avais senti un peu de tristesse dans sa voix, ou plutôt de nostalgie. Elle savait que j'étais en train de lui échapper, que son petit garçon devenait un homme. Sans rien lui dire, je l'avais beaucoup aimée ce soir-là, mieux que d'habitude.

J'espérais juste qu'elle ferait preuve d'autant

de tact quand elle reconnaîtrait Clara à la télé. Surtout, je voulais que mon père ne sache rien de tout ça.

Le reportage a commencé en retard, et mon père s'est redressé dans le canapé, la tête posée sur les poings et les coudes sur les genoux.

Au début, c'était plutôt amusant, comme un film de vacances. La journaliste présentait la région, notre ville, et c'était agréable de reconnaître les lieux qui nous étaient si familiers. Les choses se sont vite gâtées quand on a vu la voiture de mon père faire demi-tour devant l'usine sous une pluie de crachats, d'œufs et de canettes de bière. C'est la manière un peu étonnante qu'avait choisie la journaliste pour présenter mon père :

« Cet homme que vous apercevez réfugié derrière les vitres teintées de sa voiture, c'est François-Marie Fouconnier, le directeur de l'usine. »

Ensuite, on voyait mon père se promener seul dans le jardin de la maison. Ça donnait une impression de luxe et de calme incroyable après le chahut des ouvriers aux portes de l'usine. Mon père avait l'air d'un châtelain méprisant et hautain.

Je l'ai regardé du coin de l'œil et j'ai vu qu'il serrait les dents. Le ton du reportage était donné : la journaliste était du côté des ouvriers, et chaque image de mon père était soigneusement choisie pour livrer de lui une image la plus caricaturale possible. Cette première séquence de présentation de mon père s'est terminée sur une vue de la maison, prise du fond du jardin, derrière le petit lac, là d'où elle est la plus belle. Comme par hasard, l'image d'après montrait la maison des parents de Clara, bien sûr minuscule en comparaison de ce qu'on venait de voir de la nôtre. Le contraste était saisissant, ce qui était bien l'effet recherché. Les journalistes n'avaient rien inventé bien sûr… notre maison était effectivement très belle et celle de Clara très modeste, mais cette façon de manipuler les images n'en était pas moins un coup bas. Trente secondes plus tard, j'ai senti le regard de ma mère se poser sur moi. Clara venait d'apparaître à l'image, faisant son entrée dans la cuisine déjà très animée pour son petit déjeuner. J'ai tourné la tête vers maman qui a froncé les sourcils en signe d'étonnement et de muette interrogation. Je lui ai répondu d'une petite moue à la fois désolée et impuissante, et elle a hoché la tête l'air de dire que vraiment, je n'en ratais pas une. Mais elle n'a rien dit, et je l'aurais bien embrassée sur-le-champ pour ça.

La suite du reportage a été sur le même modèle : la famille de Clara semblait pleine de vie et sympathique, et nous, coincés et dédaigneux. J'ai eu honte quand je nous ai vus en train de prendre notre petit déjeuner dans la porcelaine de grand-mère sur fond de Schubert juste après avoir vu les sœurs de Clara se chamailler pour le pot de Nutella. J'aurais voulu disparaître sous le canapé en nous voyant bien sagement assis devant notre écran géant pour le faux visionnage du journal de 20 heures alors que chez Clara, au même moment, on se serrait devant la télé et on commentait les images comme celles d'un match de foot. Nous passions pour des monstres, des extraterrestres, et je commençais à me dire que ce n'était pas si loin de la vérité quand soudain, le coup de grâce s'abattit sur mon père. François-Camille Fouconnier en personne, mon grand-père, interviewé dans sa chambre de la maison de retraite.

– La salope ! s'est exclamé mon père à l'adresse de la journaliste. La salope ! Elle a été dénicher papa. La petite PUTE !

Il s'était contenu jusque-là et avait encaissé les coups au foie du reportage. Mais là, ce coup sous la ceinture le fit exploser de colère, au point que nous avons failli ne pas entendre ce que grand-père avait à dire. Ce qui eut été dommage :

« Cette usine a été fondée en 1911 par mon père, François-Joseph Fouconnier. Des générations d'ouvriers s'y sont succédé, souvent de père en fils, et aucun n'a jamais eu à se plaindre de son sort, vous pouvez me croire... Oh bien sûr, nous avons gagné de l'argent, mais à l'époque ce n'était pas une finalité… nous savions le redistribuer, en faire profiter ceux qui avait participé à son gain… Cette usine était la fierté de notre famille, mais aussi de tous les ouvriers ! Je n'aurais jamais cru un Fouconnier capable d'une telle bassesse. Je ressens cette fermeture comme une trahison… Elle me blesse au plus profond de ma chair… »

Grand-père a toujours eu le goût des grands effets, des tirades un peu théâtrales, et depuis quelque temps, il avait aussi tendance à la sensiblerie, ses yeux s'humidifiant pour un oui ou pour un non. Il a terminé sa déclaration des larmes pleins les yeux. C'en était trop pour mon père qui éteignit aussitôt la télé et alla s'enfermer dans son bureau. Je restais un moment assis en silence avec ma mère.

Dix minutes plus tard, Clara téléphonait. Elle était bouleversée, et je ne comprenais rien à ce qu'elle me disait.

21

Quelle salope cette journaliste ! Si j'avais pu, je lui aurais pété les deux genoux à coup de marteau.

On était au grand complet devant le poste, ce jeudi soir-là. Évidemment : on passait à la télé ! Les cousins, les voisins, les amis… on a dû faire exploser l'audimat rien qu'à nous tous. Même, pour l'occasion, maman avait acheté une cassette neuve pour être sûre qu'on n'allait pas encore se disputer mes sœurs et moi.

J'ai serré les fesses dès que ça a commencé. La semaine passée, j'avais voulu dire la vérité sur Guillaume à mes parents mais j'en avais pas eu le courage. Coup de bol, à chaque fois que Guillaume apparaissait à l'image, il était de profil ou de dos. Et comme mes parents étaient passionnés par le reportage, ils ne l'ont pas reconnu. Jess, par contre, l'a tout de suite repéré, mais je lui ai balancé mon coude dans les côtes avant qu'elle ait même eu le temps d'ouvrir la bouche.

À un moment quand même, maman a dit : « Mais je le connais leur fils… » Mais mon père a aussitôt fait « Chut ! », si bien que c'en est resté là. J'en avais des gouttes de sueur glacée qui me coulaient dans le dos. En plus, dans le reportage, on passait pour des ploucs à côté de la famille de Guillaume. C'est l'horreur : notre maison paraissait moche, petite, sale, en désordre, et comme si c'était fait exprès, à chaque fois, la journaliste mettait les images qui correspondaient chez les Fouconnier. Le pire, c'était le petit déjeuner : nous à gueuler et à se couper la parole alors que Guillaume et ses parents mangeaient en silence en écoutant de la musique douce. J'avais la honte pour ma famille. Enfin bref ! À part ça, je me croyais tirée d'affaire pour Guillaume et c'était le principal. Arrivée vers la fin du reportage, on ne l'avait pas revu à l'image depuis plus d'un quart d'heure. Mais c'est là que j'ai pris le ciel sur la tête.

Il y a eu de jolies images de l'usine qui m'ont aussitôt rappelé quelque chose mais je savais pas quoi. C'était la tombée de la nuit, et on voyait les silhouettes des ouvriers autour des feux dans les bidons. Il y avait aussi le car de CRS, et puis soudain… Guillaume et moi, en train de nous embrasser. Et le commentaire de la salope qui disait :

« Et au milieu de cette tourmente, de cette lutte des classes acharnée, une note d'espoir nous vient de la jeunesse, de François-Guillaume, le fils du directeur de l'usine, et de sa petite amie Clara, la fille du délégué syndical des ouvriers en grève. Roméo et Juliette de notre temps, ils s'aiment, malgré tout. »

J'en suis restée la bouche ouverte. Alors que le générique du reportage défilait sur la télé, on aurait pu entendre une mouche voler. On était tous sciés. Mes parents, mes sœurs… et moi je n'en parle même pas.

Je crois que personne n'arrivait à croire ce qu'il venait de voir. C'est la sonnerie du téléphone qui nous a sortis de cette stupeur. Ma mère a répondu, sèche : « Oui. J'ai vu. Quoi ? J'en sais rien. Je t'rappelle plus tard. » Puis elle s'est tournée vers nous :

– Je savais bien que sa tête me disait quelque chose.

– Qu'est-ce que c'est que cette histoire, Clara ? m'a alors dit mon père d'une voix si calme qu'elle ne pouvait qu'annoncer la tempête.

Je ne savais pas quoi dire.

– Je t'ai posé une question !

Là, déjà, son ton était plus menaçant.

– Alors comme ça, pendant que je me tue à me battre pour vous tous, toi, tu fricotes avec le fils de ce fumier ? Non mais tu te rends compte ? CLARA ! TU TE RENDS COMPTE DE CE QUE TU ME FAIS ?

Cette fois, il gueulait pour de bon. Le téléphone a sonné encore et maman l'a débranché.

Mon père était comme fou. Il a filé un grand coup de pied dans une chaise qui est partie voler contre le mur.

– MA FILLE! MA PROPRE FILLE! À MOI! MAIS DIS QUELQUE CHOSE, AU MOINS!

Qu'est-ce que j'aurais pu dire qui ne l'aurait pas encore énervé un peu plus? J'ai détalé comme un lapin et j'ai couru dans ma chambre.

– VIENS ICI NOM DE DIEU! CLARA! REVIENS TOUT D'SUITE!

Je me suis enfermée dans ma chambre et j'ai pris mon portable. Le temps que je compose le numéro de Guillaume et mon père tambourinait déjà à ma porte.

– Madame Fouconnier? C'est Clara, est-ce que Guillaume est là?

– OUVRE TOUT DE SUITE CETTE PORTE! hurlait mon père sur le palier.

– Guillaume? C'est moi.

– Comment ça va?

– Putain, il est devenu fou! Il va me tuer!

– Qui? Qu'est-ce que tu racontes!

– Mais mon père!

– JE TE PRÉVIENS QUE SI À TROIS TU N'ES PAS SORTIE, J'ENFONCE LA PORTE!

– Qui c'est qui crie comme ça?

– Mon père, j'te dis! C'est l'reportage, ça l'a rendu complètement dingue!

– Mais pourquoi?

– Pourquoi ? Tu me demandes pourquoi ?
– À QUI TU PARLES, CLARA ? RACCROCHE TOUT DE SUITE CE TÉLÉPHONE !
– T'as regardé le reportage, non ?
– Oui… sauf la fin !
– C'EST À LUI QUE TU PARLES, HEIN ?
– QUOI ? T'AS PAS VU LA FIN ?
– Non, mon père a coupé avant. Pourquoi ?
– PUISQUE C'EST COMME ÇA, JE VAIS ALLER LE VOIR, MOI, TON ROMÉO !
– Qui va aller voir qui, Clara ? C'est ton père qui gueule comme ça ?
– Guillaume ! Il part pour chez toi !
– QUOI ?

22

Le père de Clara est arrivé cinq minutes plus tard. J'avais juste eu le temps de prévenir maman. C'est elle qui lui a ouvert et qui est allée à sa rencontre dans le jardin. Le ton est vite monté, si bien que mon père est sorti de son bureau.

– Qu'est-ce qui se passe ?

– Heu…

Il n'a pas attendu la réponse que j'essayais en vain de formuler et est sorti à son tour.

– Tregali ! Qu'est-ce que vous foutez chez moi ?

– Ça vous suffit pas de me prendre mon boulot, il vous faut aussi ma fille ?

– Quoi ? Votre fille ? Mais qu'est-ce que vous racontez ?

– Vous avez qu'à lui demander, à lui ! a dit M. Tregali en me montrant du doigt.

Je me tenais en haut du perron et mon père m'a regardé sans comprendre.

– Qu'est-ce que mon fils vient faire là-dedans ?

– Je vais t'expliquer, a dit ma mère.

– Mais vous regardez donc jamais la télé ! s'est exclamé le père de Clara comme si je faisais la une des journaux télévisés depuis trois semaines.

– Écoutez, Tregali…

– J'écoute rien du tout ! Votre fils a débauché ma fille, et…

– Débauché ! s'est alors indignée ma mère. Mon fils a débauché votre fille ! D'après ce que j'ai vu, ça serait plutôt l'inverse ! Permettez !

– Ah oui ! Une fille de dix-sept ans qui…

– Dix-sept ans ! Mais mon fils n'a que seize ans, monsieur, et…

– EST-CE QUE QUELQU'UN POURRAIT M'EXPLIQUER CE QUI SE PASSE ICI ? a hurlé mon père.

Ma mère et le père de Clara se sont tus, et j'ai pris mon courage à deux mains.

– Papa. Clara et moi… Clara est la fille de monsieur Tregali… Heu… Elle et moi, on s'aime.

Ce fut comme si mon père rapetissait d'un coup, se tassait sous le coup de la surprise.

– Oh putain… J'avais vraiment besoin de ça…

J'ai souri à mon père mais ça n'a pas eu l'air de le soulager. Pourtant, il s'est repris aussitôt et s'est adressé à M. Tregali avec fermeté :

– Ça n'explique pas votre intrusion chez moi, Tregali.

– Ah bon ? Vous trouvez ?! Votre fils embrasse ma fille à la télé, et vous…

– Et votre fille, elle ne l'a pas embrassé, peut-être ? Vous croyez que ça me fait plaisir d'apprendre que mon fils fréquente la vôtre !

– Ah parce que moi, peut-être, je devrais me sentir honoré ! Espèce de fumier…

Et là, le père de Clara s'est précipité sur le mien. Ma mère a crié et a essayé de s'interposer alors qu'ils s'étaient déjà empoignés. C'était la première vraie bagarre à laquelle j'assistais et c'était beaucoup moins impressionnant que dans les films : le bruit des coups de poing, les gestes amples, les répliques pertinentes au plus fort du combat… En vérité, les coups étaient presque tous manqués, mon père et celui de Clara bougeaient peu, au corps à corps, se tirant sur les vêtements, essayant de se pousser l'un l'autre par terre, grognant des insultes incompréhensibles. Ça n'a duré que quelques secondes, et mon père a réussi à se débarrasser de l'emprise de son adversaire et à monter les marches du perron, à la fois effrayé et menaçant.

– J'appelle les flics !

Et il a disparu dans la maison.

M. Tregali est resté sur place un moment, le temps que son excitation retombe. Ma mère était bouleversée par ce qui venait de se passer et, un peu tremblante, a dit au père de Clara qu'il ferait mieux de rentrer chez lui. Il l'a fixée quelques secondes puis m'a dit, pour avoir le dernier mot :

– Et toi ! Ne t'avise plus d'approcher ma fille !

Ensuite, il a fait demi-tour et est parti d'un pas sec et rapide jusqu'à la grille derrière laquelle était garée sa voiture.

Ma mère a poussé une longue expiration, s'est un peu recoiffée avec les mains et a monté les marches du perron.

– Rentre ! Tu vas attraper froid.

À l'intérieur, mon père était au téléphone avec la police. Il donnait son nom et son adresse, et précisa ensuite à son interlocuteur qu'il passerait signer sa plainte dès le lendemain matin. Il a raccroché et s'est tourné vers moi.

– Toi ! Dans mon bureau.

23

Le lendemain était un vendredi, et on a réussi à se voir une heure au café américain. En fait, on a séché un cours pour ça, parce que mes parents avaient décidé de m'emmener au lycée et de venir m'y chercher pour pouvoir me surveiller. Surtout, ça nous a fait du bien d'échapper aux regards et aux remarques des autres lycéens. Les copains surtout, mais aussi les profs et le reste des sept cents élèves ! Ils n'avaient donc rien de mieux à faire que de passer leurs soirées devant la télé ? Seul Tomtom n'avait rien dit, mais à l'époque, je n'avais pas (encore) compris ce que signifiait cette discrétion…

On était déjà retournés plusieurs fois chez Mady et, dès qu'elle nous a vus, rien qu'à nos têtes, elle a compris que quelque chose n'allait pas. Comme elle avait pas la télé chez elle, on lui a raconté ce qui s'était passé.

– Eh ben ! Ça prouve que Shakespeare est vraiment indémodable !

— Pourquoi ? j'ai demandé.

— Roméo et Juliette ! Les fameux *star-crossed lovers* : les amants « maudits par les étoiles » parce qu'ils appartiennent à des familles ennemies !

— Cool ! j'ai dit. Si je me souviens bien, ils meurent à la fin !

— Oui mais bon, Shakespeare avait un peu tendance à tout dramatiser ! N'empêche que vous êtes quand même un peu dans la merde… Qu'est-ce que j'vous sers ?

J'avais appris à connaître Mady et à m'habituer à son humour un peu moqueur. En fait, son ironie cachait de l'affection. Elle adorait Guillaume, et je crois qu'elle m'aimait bien parce qu'elle le voyait heureux avec moi. Elle est partie chercher nos boissons, et je me suis mise à raconter la fin de ma soirée de la veille à Guillaume.

Mon père était rentré complètement calmé. Abattu, même. J'étais sortie de ma chambre et il m'a dit sans même me regarder :

— Désolé d'avoir crié, Clara. C'est juste que c'est un peu dur, en ce moment…

J'allais lui répondre que c'était pas grave, mais alors maman s'est mise à gueuler :

— Comment ça, désolé ! On va pas s'excuser, quand même ! Elle sort dans notre dos avec le fils de ce salaud, et on devrait rien dire !

— Mais je savais même pas qui c'était quand on s'est rencontrés ! j'ai dit à maman.

— T'es complètement inconsciente, ma pauv'fille ! Est-ce que tu te rends compte dans quelle situation tu nous mets, ton père et moi ?

— Mais il ne s'agit pas de vous !! Je m'en fous de vos histoires : j'aime Guillaume, que ça vous plaise ou non !

— Eh ben ça nous plaît pas du tout, si tu veux savoir !

— J'en ai rien à foutre ! Si tu crois que j'ai besoin de ton autorisation !

— Tant que tu vivras sous ce toit, tu…

— DE TOUTE FAÇON DANS UN AN JE SUIS MAJEURE, ET JE FOUTRAI LE CAMP DE CETTE MAISON DE DINGUES POUR TOUJOURS !

Et je suis remontée en courant dans ma chambre. En larmes.

Ma mère a continué à crier sans moi pendant quelques secondes, du genre « Mais pour qui elle se prend ? On n'est pas assez bien pour elle, c'est ça ? », puis j'ai entendu qu'elle montait l'escalier comme une furie. Elle est rentrée dans ma chambre en continuant à râler, et je suis restée allongée sur mon lit comme si je la voyais pas alors qu'elle me piquait mon téléphone et l'alimentation de mon ordinateur.

— Privée de portable ! Privée d'ordinateur ! Privée de télé ! Et ce week-end, tu ne mettras pas les pieds dehors ! Quand je pense à tout ce qu'on a fait pour toi !

Et elle a claqué la porte.

Une demi-heure plus tard, j'ai entendu que quelqu'un rentrait doucement dans ma chambre. C'était Jess.

— Fous-moi la paix ! je lui ai aussitôt balancé.

Mais j'ai vu qu'elle pleurait alors j'ai soupiré.

— Qu'est-ce qu'il y a, encore…

— C'est vrai que tu vas partir de la maison ?

Elle avait dit ça en sanglotant, avec une toute petite voix. J'ai pas su quoi lui répondre parce qu'à ce moment-là, je voulais vraiment partir, même si au fond de moi je savais que c'était juste un moyen de nourrir ma colère. Je lui ai fait signe d'approcher et je l'ai serrée dans mes bras.

Le lendemain matin, à 7 heures, quand je me suis réveillée, elle était encore là, allongée contre moi.

Guillaume m'a souri et j'ai vu que Mady m'avait aussi écoutée depuis son bar.

— Et toi ? Ça s'est passé comment ? j'ai demandé à Guillaume.

— Mieux quand même. Grâce à maman. Mon père m'a dit « Toi ! Dans mon bureau ! », comme si j'avais dix ans et que je ramenais une punition de l'école. Il avait toujours fait ça, quand j'étais petit. Mes bulletins, il fallait que je les lui montre dans son bureau. Ça m'impressionnait vachement, à l'époque. Enfin bon, je suis donc rentré dans son bureau, et il s'est mis à hurler : « EST-

CE QUE TU TE RENDS COMPTE DE LA SITUATION DANS LAQUELLE TU ME METS ? JUSTEMENT EN CE MOMENT OÙ JE SUIS EN PLEIN BRAS DE FER AVEC LES OUVRIERS ! » Mais là, ma mère est entrée dans le bureau. Mon père lui a dit « J'ai pas fini », et ça l'a mise en colère comme je l'avais jamais vue avant. « D'abord, tu vas me parler sur un autre ton ! elle lui a dit. Tu n'es pas dans ton usine, ici. Tu es dans ma maison, et il s'agit de notre fils. Alors tu vas m'écouter… Guillaume et cette fille s'aiment. C'est leur droit. Tu as sans doute oublié ça depuis très longtemps, mais en amour, on ne choisit pas. Et qu'elle soit la fille d'un ouvrier ou celle du pape ne change absolument rien au problème. Tu as toujours voulu tout diriger… nos loisirs, nos vacances, le choix de nos amis, tu as décidé qu'on allait s'installer au Danemark sans même nous demander notre avis… d'accord ! Mais cette fois, tu vas trop loin. Les sentiments de ton fils ne regardent que lui. Il n'a plus cinq ans, bon Dieu ! ALORS TU VAS LUI FOUTRE LA PAIX ! UNE BONNE FOIS POUR TOUTES ! GUILLAUME NE VA PAS RENONCER À SON PREMIER AMOUR POUR FACILITER TES NÉGOCIATIONS AVEC LES SYNDICATS ! » Et elle est sortie en claquant la porte. Mon père était sidéré, et il n'a plus dit un mot de la soirée. Je suis sorti de son bureau sur la pointe des pieds, et puis après, j'ai essayé de t'appeler. Mais t'étais sur répondeur…

— Encore heureux, sinon tu serais tombé sur ma mère vu qu'elle m'avait confisqué mon téléphone !

— Ce matin, mes parents étaient plutôt calmes. Par contre, je sais pas pour toi, mais au lycée, c'était l'horreur. Tout le monde me regardait de travers…

— M'en parle pas ! Moi, j'avais l'impression d'avoir trahi mon pays ! Tu sais, comme dans ces vieux films de guerre où on tondait les cheveux des filles qui avaient couché avec les Allemands !

— C'est complètement nul…

— Même Nat a changé vis-à-vis de moi. Elle me parle et tout, mais je vois bien qu'elle est gênée… Kevin, lui, il m'adresse plus la parole.

— N'importe comment, moi, plus personne me parle depuis qu'on sait pour l'usine. Damien a même fini par changer de place.

— On les emmerde !

— T'as raison.

— Qu'ils aillent tous mourir…

— Comme dans Shakespeare, a dit Mady depuis son comptoir.

Ça nous a fait sourire, ce dont on avait bien besoin.

24

Clara était punie pour le week-end, avec interdiction de sortir ou de téléphoner.

De mon côté, nous n'avions pas reparlé de « l'affaire Clara », adoptant ainsi notre technique habituelle de communication : ne jamais parler de ce qui est important. Mes parents et moi nous étions toujours très bien entendus, mais sans jamais vraiment avoir de dialogues intimes, sans jamais nous ouvrir les uns aux autres de nos problèmes, comme s'il était impudique et mal élevé de se confier à ceux que l'on aime ! Au fond, Mady savait beaucoup plus de choses sur moi que mes parents ; moins de souvenirs, d'anecdotes, moins de petits détails glanés au fil de la vie quotidienne, mais certainement une bien meilleure connaissance de mes goûts, de mes aspirations, de mes doutes. Par exemple, elle était la seule à savoir que je voulais devenir écrivain.

Donc, mes parents (ou devrais-je dire mon père, puisque ma mère avait pris ma défense, même si avec le recul je vois plutôt dans sa démarche une attaque contre son mari qu'un véritable soutien à mon égard) avaient préféré ne pas remettre sur le tapis le problème de ma liaison avec Clara, pensant sans doute que, comme d'habitude, j'allais de moi-même renoncer à cette folie. Eh bien non ! Pas cette fois.

La punition de Clara était la mienne. Après le mélodrame de ces derniers jours, les cris, les pleurs, les coups… je n'avais besoin que d'une chose : voir Clara seul à seule, lui parler, l'embrasser, l'aimer. Et c'était justement tout cela que l'on nous refusait. Nous ne nous étions revus que deux fois, une petite heure chez Mady, puis un baiser volé entre deux cours, le samedi matin. Arrivé au dimanche, je n'en pouvais plus d'être séparé d'elle. C'était une douleur physique, une exaspération du corps, comme une fièvre qui rend la peau douloureuse. J'étais en manque, et cela me nouait l'estomac, me donnait la nausée. Ça ne pouvait plus durer. Juste après le déjeuner, je suis sorti sous prétexte d'aller faire un tour, mais me suis en vérité rapidement retrouvé près de la maison de Clara. Je n'étais plus vraiment moi-même. J'avais mis mon cerveau en veille, service minimum, juste de quoi lui permettre d'exécuter mes ordres sans pouvoir m'envoyer les signaux d'alerte de la conscience, du doute, de la peur.

Je suis rapidement parvenu à repérer la fenêtre de la chambre de Clara. Comme dans les livres et les films, j'ai jeté des graviers sur la vitre pour avertir ma bien-aimée de ma présence. Ça n'a pas marché, et il a fallu que j'escalade le toit du garage de la maison. Enfin, Clara, qui était allongée sur son lit avec son Walkman sur les oreilles, a sursauté en voyant ma silhouette s'agiter à sa fenêtre. Elle s'est levée, a ouvert, et nous nous sommes immédiatement embrassés, moi sur le toit, elle dans sa chambre, avec le même soulagement avide que celui d'un plongeur en apnée quand il retrouve l'air libre. Puis nous avons repris nos esprits.

– Entre! m'a-t-elle chuchoté.
– Non. C'est toi qui sors.
– Quoi?
– On se casse.
– Mais où ça?
– J'en sais rien, mais on y va.

Cinq minutes plus tard, nous quittions le quartier de Clara et marchions sur une route de campagne, main dans la main, exaltés par un formidable sentiment de liberté mêlé de peur.

Quand une voiture passait, l'un de nous levait un pouce, et enfin, après quelques kilomètres de marche, une vieille 205 s'est arrêtée à notre hauteur. Une jeune femme était au volant.

– Vous allez où? nous a-t-elle demandé en se penchant au-dessus de la place du mort.

— Euh… À la mer !

Clara m'a regardé en ouvrant de grands yeux et je lui ai souri, content de ma soudaine inspiration.

— Vous pouvez nous rapprocher ?

— Un bout de chemin, oui ! m'a répondu la conductrice. Montez.

Elle nous a laissés à Neufchâtel-en-Bray, son terminus, et là, un petit vieux nous a pris en charge dans sa Ford Focus qui sentait le neuf. Il rentrait chez lui, à Étretat, après avoir passé le week-end chez ses enfants qui habitaient Amiens. Comme il se refusait à prendre l'autoroute et n'empruntait que les petites routes de campagne, nous avons eu le temps de tout savoir sur ses enfants, petits-enfants, et sur la maladie dont était morte sa femme deux ans plus tôt. À l'arrière, déjà sérieusement secoués par la conduite brutale de notre chauffeur, nous nous serions bien passés de ces derniers détails médicaux. Mais il faisait si doux que nous avions ouvert les fenêtres en grand, laissant cette première vraie belle journée de la saison nous décoiffer et chasser nos maux de cœur.

Arrivés à destination, la mer fut comme une révélation. J'avais déjà visité Étretat et son aiguille creuse si chère à Arsène Lupin, mais nous ne nous étions jamais trouvés ensemble, tous les deux, Clara et moi, face à la majesté de la Manche. Et, ce dimanche après-midi-là, elle n'existait que pour nous. Des dizaines de promeneurs marchaient le long de la plage, d'autres arpentaient au loin les falaises blanches et vertes, mais nous étions quand même seuls au monde avec la mer. Nous nous sommes assis sur les galets, au soleil, l'un contre l'autre, Clara un bras dans mon dos, et moi un bras autour de son cou. Nous n'avons pratiquement rien dit. Nous écoutions la mer, le grondement des galets, les cris d'enfants au loin, celui des mouettes, les moteurs des petits avions du dimanche, et nos cœurs qui battaient à l'unisson. Puis, petit à petit, insensiblement, en même temps que la lumière se tamisait et que la température baissait, tous ces bruits se sont espacés. Les portières des voitures ont commencé à claquer, les moteurs à s'éloigner et, sans que nous ayons fait un seul geste, nous nous sommes retrouvés à l'ombre fraîche d'un dimanche soir de presque printemps. Ce fut Clara qui frissonna la première et, d'un coup, nous avons pris conscience que nous étions seuls sur la plage et que la ville s'était vidée de ses touristes. Il commençait à faire froid, et nous nous sommes levés en nous frottant les mains et en secouant l'engourdissement qui avait gagné nos corps. J'avais sur moi ma carte de crédit, cadeau de mes seize ans qui ne m'avait encore jamais servi à grand-chose, mais qui cette fois me permit de prendre une chambre à l'hôtel des Corsaires, établissement au confort médiocre mais qui avait le grand avantage d'être face à la mer.

Cette nuit-là, nous avons fait six fois l'amour.

Au réveil, le lendemain matin, la magie de notre escapade avait disparu. Nous nous sentions loin de chez nous, un peu perdus, un peu coupables, un peu gênés d'être ensemble et seuls à l'heure des cheveux en pagaille, de l'haleine douteuse et du visage froissé par l'oreiller. Nous nous sommes vite habillés, comme si nos nudités pourtant si convoitées, attendues, espérées encore quelques heures plus tôt, étaient indécentes en matinée. Le temps avait repris son cours ordinaire, et dégrisés, nous prenions brutalement conscience des conséquences de notre acte : l'inquiétude de nos parents, les retombées de leur colère, les cours manqués de ce lundi matin… Nous avons pris notre petit déjeuner sans nous parler.

Une fois remontés dans notre chambre, Clara a mis la télé. L'hôtel était relié au satellite et le poste s'est allumé sur LCI. C'est comme ça que nous avons appris que mon père avait été séquestré par les ouvriers, et que les CRS étaient sur le point de donner l'assaut.

Épilogues

Sept ans déjà ! Et moi qui, à l'époque, n'avais pas voulu croire mon père quand il m'avait dit que plus tard, toute cette histoire ne serait plus qu'un lointain souvenir !

Je n'ai jamais revu Guillaume. Une fois j'ai cru, il y a quatre ans, en bas de chez moi. Maxime, mon petit garçon, venait de naître, et j'étais encore en congé de maternité. Mon regard a été attiré par une silhouette familière de l'autre côté de la rue. Sans doute seulement quelqu'un qui lui ressemblait un peu. Tomtom revenait justement du bureau à ce moment-là et il m'a demandé ce que je regardais. J'ai dit « Rien », et comme nous nous sommes longuement embrassés, j'ai pensé à autre chose. Tomtom a pris notre bébé dans les bras et j'ai dit : « Nat vient dîner ce soir ! »

– Elle s'est encore fait larguer ? a demandé Tomtom en souriant.

Nat a le don pour dénicher les plus sales types de la Terre, et après, c'est moi qui recolle les morceaux. Pendant ces soirées entre copines, c'est Tomtom qui s'occupe de Maxime, du bain, du dîner, du coucher. C'est un bon père, et un tendre mari. Et quand je l'entends, le soir, qui dit à notre fils « Je t'aitaime » en éteignant la lumière de sa chambre, je me dis que finalement, c'est simple, le bonheur.

C'est difficile d'expliquer comment ça s'est fini avec Guillaume. Notre histoire s'est éteinte doucement, naturellement. Une sorte d'usure.
Ça a commencé après notre folle nuit d'amour à Étretat. Quel souvenir ! Rien que pour ces quelques heures, ça valait le coup qu'on se rencontre… N'empêche qu'on a dû trop s'aimer, en trop peu de temps, comme si on avait grillé les réserves d'amour de notre aventure en une poignée d'heures. C'était un premier amour et, avec le recul, je sais qu'il n'était pas fait pour durer et qu'on a écourté sa vie en nous aimant trop fort, trop vite.
Et puis on est tombés dans un tel bordel, en revenant de notre mini-fugue ! Quand ma mère m'a vue rentrer, ce lundi-là, elle n'a pas dit un mot et m'a balancé une gifle. Elle avait les yeux rougis par les larmes, pas parce qu'elle s'était inquiétée pour moi, mais parce qu'elle avait peur pour mon père. Je n'ai jamais vraiment su comment les choses avaient pu si mal tourner à l'usine, mais j'ai toujours soupçonné que c'était en partie à cause de moi et de Guillaume. J'imagine que mon départ avait dû rendre papa malade d'inquiétude et de colère, et que c'était

pour ça qu'il avait excité les grévistes au point d'en arriver à la violence. Quoi qu'il en soit, plongée tout à coup dans ce drame, avec les CRS, les coups de matraque, les nuits au poste de police, et les voitures qui se remettaient à cramer un peu partout, je trouvais ma fugue avec Guillaume minable et irresponsable. J'avais honte de moi, de nous. Dans la vraie vie, il se passait des choses si graves !…

Et puis, ensuite, quand le calme est à peu près revenu, plus rien n'a jamais été pareil entre nous. On continuait à se voir, à s'embrasser, à faire l'amour de temps en temps, mais les événements m'avaient rapprochée de ma famille et donc, naturellement, éloignée du monde de Guillaume. On s'est engueulés une fois ou deux à cause de nos parents, même si en général Guillaume ne prenait pas la défense de son père. Mais moi, j'avais la rage, parce que mon père, mes oncles, les parents de mes amis, étaient en train de morfler, et que, du coup, je me sentais l'une d'eux. L'envenimement du conflit à l'usine m'avait fait prendre conscience de mon appartenance à un monde qui était à l'opposé de celui de Guillaume et de sa famille. Je n'arrivais plus à me moquer du fait que Guillaume et les siens représentaient tout ce que les miens détestaient. C'est pas simple, d'aimer l'ennemi. Je crois que je n'étais simplement pas assez courageuse pour ça.

Et puis l'usine a fermé. Comme prévu. Malgré

tout. On s'est retrouvés abattus, perdus. La grève, le combat, nous avaient maintenus en vie mais ne nous avaient pas préparés au grand vide qui a suivi. Mon père a fait une dépression l'été d'après.

Sept ans plus tard, sans jamais avoir vraiment retrouvé de boulot régulier, il est en préretraite, et passe son temps devant la télé.

Au lycée, on a fini les cours trois semaines après la fermeture de l'usine. Je passai en première, Tomtom et Nat aussi. Pas Kevin. Ça a marqué la fin de leur histoire, ce qui n'était pas plus mal.

Un jour, Guillaume m'a donné rendez-vous chez Mady. Il m'a dit qu'il devait partir s'installer au Danemark avec ses parents. Il avait les larmes aux yeux.

– Qu'est-ce que tu veux que je fasse ?
– Comment ça ? j'ai répondu.
– Si tu veux, je reste.
– Sans tes parents ?
– J'en ai rien à foutre. Je t'aime. Je ne veux pas partir loin de toi.
– Mais qu'est-ce que tu feras ?
– J'en sais rien. On s'en va… je trouverais un boulot, je… Au moins on sera ensemble !
– Attends, Guillaume. T'entends ce que tu dis ? T'as seize ans, moi dix-sept ! On peut pas tout laisser tomber comme ça ! Moi, je veux passer mon bac, et puis je sais pas, c'est…

J'ai vu dans ses yeux qu'il avait compris que

c'était fini, que j'avais perdu la foi en nous deux. J'ai continué quand même, sur un ton faussement optimiste :

– C'est pas le bout du monde, le Danemark ! On va s'écrire, on va s'envoyer des e-mails !

C'est ce qu'on a fait, pendant quelque temps. Petit à petit, je n'ai plus répondu qu'une fois sur deux, puis une fois sur trois. Et puis plus rien.

Je n'ai pas de regrets, parce que je suis certaine que ça n'aurait pas pu marcher longtemps entre nous. J'ai aimé Guillaume, comme une folle, même sûrement plus que je n'aimerai jamais Tomtom que j'adore pourtant, et avec qui je suis en train de faire ma vie ! C'est juste que l'amour ne peut pas être la seule chose qui rapproche deux personnes qui vivent ensemble. L'amour est la base d'une relation, son fondement indispensable, sa matière première, mais il ne suffit pas au quotidien, à la vie de tous les jours. Avec Guillaume, et même si je sais qu'il ne serait pas du tout d'accord avec moi s'il m'entendait, je reste convaincue qu'un jour ou l'autre, nos différences de milieu, de culture, de goût, auraient tout gâché. On n'aimait pas les mêmes films, les mêmes musiques, les mêmes fringues... À force, les goûts de l'un auraient énervé l'autre. J'en suis sûre. J'y ai beaucoup réfléchi. J'en aurais eu ras le bol d'entendre de l'opéra à la maison, et lui n'aurait pas supporté longtemps que j'écoute RTL. On ne peut pas, toute une vie, aller voir des films qu'on n'aime pas juste pour faire plaisir à l'autre ! Avec Tomtom, on est toujours d'accord quand on veut voir un film, ou choisir un programme à la télé. Pareil pour les prénoms des enfants ! On a les mêmes goûts, parce qu'on a été élevés pareil, qu'on vient du même milieu. C'est peut-être pas très romantique, mais je crois que c'est comme ça, la vie. Ma vie.

Je me souviens d'un petit détail, trois fois rien, mais qui avait fait tilt dans ma tête, à l'époque. C'était juste après la fermeture de l'usine. J'étais avec Guillaume et il m'a reprise pour une faute de grammaire que je fais tout le temps, du genre « la voiture *à* mon père » à la place de « la voiture *de* mon père ». Quand il m'a corrigée, ça m'a super énervée, et j'ai senti en moi exactement la petite exaspération mesquine que j'observais si souvent entre des couples d'adultes qui, à force de vivre ensemble, sont agacés par tout un tas de petites choses sans importance mais qui tapent quand même sur les nerfs. Et je me suis vue des années plus tard, agacée par tout ce qui m'avait pourtant séduite chez Guillaume : sa culture, sa manière de parler, sa courtoisie, ses habits…

Voilà. Qu'est-ce que je peux dire de plus ? J'espère juste que Guillaume a fait sa vie comme je suis en train de faire la mienne. Que, comme moi avec Tomtom, il a trouvé la bonne personne, le bon amour. Mais oui ! Il n'y a pas de raison… Il a dû trouver une fille bien, et en ce moment même, il doit être en train de s'occuper de leur bébé. Je me demande quel prénom ils ont choisi. Sûrement François-quelque chose !…

J'ai passé trois ans au Danemark et je ne m'y suis jamais plu. Ce n'est pas tant à cause du pays lui-même, de son climat ou de ses habitants, que parce que je m'y étais installé à contrecœur.

Finalement, après le choc du lundi matin, j'étais revenu d'Étretat plus amoureux que jamais. Mais quelque chose s'était irrémédiablement brisé entre Clara et moi. C'est assez difficile à décrire cette teinte fanée qu'avaient pris nos rapports, nos conversations, nos baisers. Même les fois où nous avons refait l'amour, ce n'était plus aussi bien. Quoi que l'on fasse, quoi que l'on dise, il y avait désormais une petite gêne entre nous. Elle venait du fait que Clara m'aimait moins, ou plutôt ne croyait plus en l'avenir de notre amour. À sa décharge, il faut bien dire que nous n'étions pas aidés par le contexte explosif de la fermeture de l'usine.

Nous devions partir pour le Danemark le 15 juillet, et je voyais cette date s'approcher avec désespoir. Plus les cartons s'accumulaient à la maison, moins je me sentais capable de quitter Clara. Mais le jour où je lui ai proposé de rester, de tenter notre chance ensemble, j'ai vu aussitôt dans ses yeux que c'était perdu d'avance. Non seulement mon départ ne la bouleversait pas, mais même, inconsciemment, il l'arrangeait. Il lui permettait d'entériner ce qu'elle n'avait pas encore le courage d'accepter tout en la désirant secrètement : notre séparation. Quand j'ai compris cela, j'ai vraiment senti quelque chose se briser en moi, et j'ai su à l'instant que je ne serai plus jamais tout à fait le même. J'étais très sincèrement prêt à fuir avec Clara, à recommencer notre escapade à la mer, mais pour de bon cette fois. Sans retour. J'en rêvais, endormi ou éveillé, je faisais des plans, je nous imaginais dans notre appartement, faisant nos courses ensemble, enregistrant notre message de répondeur à deux voix... Je nous rêvais pauvres, mais libres et heureux. Au lieu de quoi je me suis retrouvé à faire mes bagages avec mes parents.

Là-bas, au Danemark, notre maison était gigantesque. Mon père gagnait une petite fortune tous les mois et notre vie était vraiment devenue luxueuse. J'étais malheureux, et tout ça me dégoûtait profondément. Comme c'était prévisible, Clara a cessé de répondre à mes courriers dès le mois d'octobre.

Cette première année, pour ne pas devenir fou, je me suis plongé dans le travail, et tout en suivant les cours d'une école anglaise de

Copenhague, j'ai eu mon bac par correspondance avec mention très bien. C'est ensuite que ça s'est vraiment gâté. J'avais dix-sept ans, je vivais dans un pays qui ne me plaisait pas, et surtout d'une façon qui me révoltait. Pour embêter mon père autant que par conviction, je me suis rapproché d'un groupe de jeunes révolutionnaires qui publiaient un mensuel anti mondialisation. J'en suis devenu l'un des rédacteurs les plus virulents, et je resservais nos thèses anarchistes à mon père à la moindre occasion, juste pour pouvoir me disputer avec lui et gâcher un peu sa nouvelle vie dorée. Dans le même esprit, je me suis laissé pousser les cheveux et la barbe. Je faisais tout pour me rendre détestable aux yeux de mes parents. Peine perdue : l'amour d'un père et d'une mère pour leur enfant à la peau trop dure.

C'est un peu avant mes dix-huit ans que j'ai rencontré Birgithe. Elle était d'une étonnante beauté, comme tant de ses concitoyens, d'ailleurs. Les Danois sont incroyablement beaux, grands et blonds, de quoi faire passer Darwin pour un illuminé ! Birgithe faisait une bonne tête de plus que moi et son visage était d'une pureté presque irréelle. Je n'ai jamais été vraiment amoureux d'elle, mais j'éprouvais de la fierté à m'afficher avec une fille aussi somptueuse. De plus, elle était sexuellement si libérée que dans ce domaine, j'en apprenais tous les jours. Je me suis installé dans son appartement dès mes dix-huit ans sonnés, et là, j'ai adopté pendant quelques mois le rythme de vie du parfait rebelle. Birgithe était la plus convaincue de la bande de révolutionnaires, et j'ai pris mes jambes à mon cou le jour où elle et ses amis ont commencé à parler sérieusement d'organiser des attentats.

C'était il y a quatre ans. J'ai envoyé une lettre à ma mère, et je suis parti pour la France.

Clara ne vivait plus chez ses parents mais je n'ai pas eu de mal à trouver sa nouvelle adresse : un appartement du centre-ville, à deux pas de l'institut de beauté dans lequel elle travaillait depuis deux ans. Je l'ai vue sortir de chez elle mais je suis resté de l'autre côté du trottoir en découvrant qu'elle poussait un landau. Elle ne m'a pas vu, et un jeune homme en qui j'ai aussitôt reconnu Tomtom s'est approché, l'a embrassée tendrement sur la bouche, puis a pris le bébé dans ses bras. Beaucoup d'amour se dégageait de cette scène, et je me suis éclipsé.

Le reste de mon bref séjour dans ma ville natale n'a pas été plus gai. Le *Queequeg* était devenu une banque et l'épicier du coin m'a appris que Mady était morte un an plus tôt d'un cancer des poumons et du colon. J'ai ensuite rendu visite à mon grand-père dans sa maison de retraite, mais il ne m'a pas reconnu. Damien, lui, vivait toujours chez ses parents, et nous nous sommes retrouvés dans un café. Il avait raté son bac deux fois et travaillait en intérim. Il prenait toutes les missions qui se présentaient parce que sa famille avait des problèmes d'argent, son père n'ayant jamais retrouvé de travail après la fermeture de l'usine. Notre rapide entrevue a été un échec : pas de bons souvenirs échangés, pas de fous rires complices... rien que de l'embarras.

Le soir, dans ma chambre d'hôtel située à cinq minutes à vol d'oiseau de ma maison qui n'était plus la mienne, je me suis senti complètement perdu. Et j'ai pleuré, sur Mady, sur mon grand-père, sur le bonheur de Clara, sur moi-même, enfin.

Depuis, je parcours le monde pour le compte de différentes associations humanitaires. Je n'étais pas particulièrement compétent en la matière, mais on apprend vite quand quotidiennement des enfants meurent dans vos bras, de faim ou de maladie. En quatre ans, j'ai traversé plus de dix pays sur cinq continents, j'ai connu des guerres et des famines, j'ai vu les merveilles du monde autant que ses horreurs. Et pourtant, pas un jour ne passe sans que je pense à Clara.

Collection Romans

Niveau de lecture : 3ᵉ et plus

Des barreaux plein les yeux
de Marc Cantin
    Marie est en prison. Le juge des enfants veut comprendre comment la vie de cette adolescente sans histoire a basculé. Il l'apprivoisera. Elle lui racontera Jérôme, ce garçon plus âgé, leur cavale et sa trahison. Elle lui dira comment on peut vouloir tuer par amour, à treize ans.

L'Amour en chaussettes
de Gudule
    Delphine est amoureuse de son prof d'arts plastiques qui leur a fait un cours décoiffant sur le préservatif. Quand elle comprendra que rien n'est possible avec lui, elle trouvera refuge dans les bras d'Arthur avec qui elle vivra sa première expérience sexuelle...

La Danse interdite
de Rachel Hausfater-Douïeb
    Perla et Wladek s'aiment. Tous les deux sont polonais mais elle est juive, pas lui. On les sépare. Perla est envoyée aux États-Unis rejoindre son père. Plus tard, elle retourne en Pologne au moment où les Allemands envahissent le pays...

Un jour avec Lola
de Jean-Paul Nozière
    Lola joue à remplacer sa mère partie depuis deux ans. Elle emprunte sa garde-robe et mime ses attitudes auprès de son père qu'elle vénère par-dessus tout. Ses allures de femme-enfant préoccupent les services sociaux.

Le Goût de la mangue
de Catherine Missonnier
    Madagascar, 1956. Anna se sent mal intégrée dans le cercle privilégié de la jeunesse blanche de l'île, en cette fin de domination coloniale. Avec la rencontre de Léon, les tensions indépendantistes vont faire irruption dans le quotidien de l'adolescente.

Acte II
de Michel Le Bourhis
    L'année de la seconde scelle pour Vincent l'adieu à l'enfance : premiers émois, premiers embrasements aussi pour les mots lus ou écrits. Ceux-là mêmes qui poussent son professeur de lettres à quitter l'enseignement pour se lancer dans le théâtre professionnel.

Série noire sur le *Chérie Noire*
de Jean-Paul Nozière
Sur son pauvre rafiot, Philémon Frigo cherche un sujet pour son prochain livre. Pressé par son éditeur, il promet d'écrire en trois semaines la biographie romancée de Jean Philibert Loca, légende vivante de la littérature. Et vogue la galère, sur laquelle l'accompagne Souad, la belle secrétaire touareg...

Vers des jours meilleurs
de Marc Cantin
Zack a seize ans et fume de l'herbe, régulièrement. Il aimerait faire partager à Maïa ces moments où il plane. Il espère que ça les aidera à franchir le pas... à faire l'amour pour la première fois. Un jour on lui propose de passer à autre chose. Des ecstasys d'abord et un peu de cocaïne, en cadeau...

L'Ogre blanc
de Jean-François Chabas
Noraughengi est un géant. Un sommet, quelque part en Asie, que tous les grands alpinistes rêvent de gravir. Nombreux sont ceux qui y ont laissé la vie... Un jour, Aram décide de tenter la conquête du monstre. Son frère Pietr refuse de le laisser partir seul.

Pouvoir se taire, et encore
de Marie-Sophie Vermot
À quel moment peut-on dire que Dina a basculé vers l'anorexie ? Quel a été le déclic ? Est-ce l'opération chirurgicale qui a transformé son visage qu'elle ne reconnaît plus ? Sa première grande déception sentimentale, juste après avoir fait l'amour pour la première fois ? L'attitude de sa mère ? Un peu tout cela ?

Star-Crossed Lovers
de Mikaël Ollivier
Une usine qui ferme, une grève qui éclate, une ville qui s'embrase, et deux adolescents qui s'aiment d'autant plus passionnément que tout et tous semblent vouloir les séparer. Car Guillaume, le fils du patron de l'usine, et Clara, la fille de son délégué syndical, sont aussi, à leur manière, des *star-crossed lovers*, des amants maudits par les étoiles.

La Saison des chamailles
de Véronique M. Le Normand
Ce qui compte le plus pour Lily, c'est la bande de copains, les rendez-vous dans les cafés, les discussions interminables et essentielles. Et aussi son amitié avec Florian. L'alter ego, le confident, le frère, l'ami, l'indispensable... En le perdant, Lily va brusquement mesurer son attachement à Florian : et si c'était lui, l'amoureux qu'elle cherche en vain ?

Retour à Douala
de Marie-Félicité Ebokéa
Charlotte est une jeune neurologue brillante. Camerounaise, elle

a quitté Douala pour faire ses études en France et n'y est jamais retournée depuis. À la mort de sa grand-mère dont elle était très proche, Charlotte rentre au Cameroun de toute urgence. Le corps de sa grand-mère a disparu, volé. Devant la mollesse de la police locale, Charlotte décide de mener son enquête.

À-Pic
de Frank Secka

Dans un séjour aux sports d'hiver, il n'y a pas que le ski. Surtout quand on est le plus jeune du groupe et qu'on découvre tout de l'autre. On apprend vite que dans les paroles, en pensées, entre les corps aussi, on peut s'aventurer hors piste. Des avalanches que l'on déclenche alors, on se relève un peu sonné, un peu plus vieux, un peu plus riche. Plus fort aussi, plus libre. Peut-être différent.

Brooklyn Babies
de Janet McDonald

À seize ans, Raven est déjà maman. Fini ses rêves d'études universitaires qui l'emmèneraient loin de la cité new-yorkaise où elle vit chez sa mère. Baissera-t-elle les bras comme sa meilleure amie Aïcha, elle aussi fille mère, qui lui conseille de vivre d'allocations et de se la couler douce ? Ou s'accrochera-t-elle à ses rêves ?

Le garçon qui aimait les bébés
de Rachel Hausfater-Douieb

Martin aime les bébés. Depuis toujours. Lorsque Louise, son amie, tombe enceinte, elle le vit comme une catastrophe. Mais pour Martin, c'est différent. Cet enfant, même s'il ne l'a pas fait exprès, il l'aime déjà, il l'attend, et fera tout pour le garder.

Des filles et des garçons
Collectif

Onze nouvelles pour parler du regard des garçons sur les filles, des filles sur les garçons. Pour dire l'amour et la violence, les pressions sociales, familiales ou religieuses, le poids des traditions... mais aussi la solidarité et l'amitié. En partenariat avec le collectif « Ni putes ni soumises ».

Route 225
de Chiya Fujino

Eriko part à la recherche de son petit frère, Daigo, qui tarde à rentrer de l'école. Elle le retrouve dans le square de son quartier, mais bizarrement ils n'arrivent plus à rentrer à la maison. Autour d'eux, tout a changé. Où se trouve le monde réel ?

Une poignée d'argile
de Marie-Sabine Roger

De son enfance, elle ne se souvient de rien, ou presque. Son père n'est même pas mort, bien pire, il a disparu, tout lâché. Il les a abandonnées, du jour au lendemain, sa mère et elle. Grisaille et rancœur jamais résolue. Le dessin, la sculpture vont la sauver.

Ci-gît, pour l'éternité
de Jean-Paul Nozière
Éric est mort il y a dix ans, à La Combe-aux-Loups, lors d'un camp pour ados difficiles. Un fait divers tragique : accident de minibus, di victimes. Alex, qui a à présent l'âge de son cousin Éric lors de sa mort, veut comprendre les circonstances exactes de l'accident.

Faire le mort
de Stefan Casta
Kim et des copains partent passer quelques jours au cœur de la forêt suédoise. Un soir, autour du feu de camp, une dispute éclate. Kim se fait passer à tabac, il est laissé pour mort par ses amis. Comment les choses ont-elles pu en arriver là ? Qu'est-ce qui a poussé les adolescents à commettre un acte aussi terrible ?

Valparaiso
de Bernard Friot
Max n'aime rien ni sa vie, ni personne. Seule compte sa sœur aînée mais elle est partie, loin, à Valparaiso, Chili. Max se prétend « zérosexuel ». Pourtant, tout ce qui touche à la sexualité le travaille... La présence de Karima illumine ses journées et hante ses rêves.

Top-rondes
de Janet McDonald
Aïcha se la coule douce avec ses deux enfants. Elle habite chez sa mère et touche des allocations, sans s'inquiéter de l'avenir. Mais tout a une fin et Aïcha va devoir effectuer un travail d'utilité publique... Impossible ! Aïcha compte bien s'en sortir à sa manière.

Les Fous d'oliviers
Claude Clément
La Bergerie des Pastriers est un havre de paix. La famille cultive les oliviers et élève des moutons. Isabelle y est heureuse avec ses parents et ses frères. Olivier, l'aîné, et son père sont inséparables. Jusqu'à l'accident de moto qui tue Olivier... Le père s'effondre.

La Fille du squat
de Ragnfrid Trohaug
« Je ne suis celle de personne ! » affirme Ida, qui n'accepte pas la mort de son grand-père, avec qui elle avait une belle complicité. C'est alors que surgit Linn, dix-sept ans, les yeux vairons, qui vit dans un squat. Immédiatement, Ida tombe amoureuse. Mais l'amour entre Linn et Ida est compliqué.

Le Quatrième Soupirail
de Marie-Sabine Roger
Dans un pays d'Amérique du Sud écrasé par une dictature, le père de Pablo est enlevé par des soldats. Son seul crime : éditer de la poésie révolutionnaire. Pablo va tenter de s'introduire dans la prison où son père est détenu pour lui murmurer, jour après jour, les vers de la survie.

CET OUVRAGE A ÉTÉ ACHEVÉ D'IMPRIMER
AVEC PASSION POUR LE COMPTE DES
ÉDITIONS THIERRY MAGNIER PAR L'IMPRIMERIE
TECHNIC IMPRIM À 91 LES ULIS EN DÉCEMBRE 2004
(5ᵉ ÉDITION) DÉPÔT LÉGAL : SEPTEMBRE 2002

Imprimé en France